U0649789

最世文化
Shanghai ZUI co.,Ltd

北京人在北京

Love Poetry of Beijing

沸雪

琉玄 著

CNS 湖南文艺出版社 HUNAN LITERATURE AND ART PUBLISHING HOUSE 博集天卷 CS-BOOKY

你不是好人，刚巧我也不是，
不如从此生死与共，狼狈为奸。

目录
contents

“不好的都过去了。”我擅自替我们的未来做主——却也是发自真心地坚信不疑——“我们会好的，因为我们配得上。”

第一章
Chapter - 01

- 01 -

惊雷，我回过神，认不出眼下在哪儿，心脏一阵乱抖，还以为一瞬百年。

窗外隆隆轰响，电视机里的女主角在撕心裂肺地呐喊：“我不要你管我！”我在自己的新卧室里拆开各种大小的纸箱，胶布一条条撕下来的声音，像是天空被闪电轻轻撕裂，所以暴雨如注。

箱子里的衣物被闷得久了，拿出来时有一缕淡淡的霉味，使人联想到衰老与孤寂，与很多丧偶老人身上散发出来的气味类似，叫人感到悲伤又禁不住地嫌恶，这是悲观者发自本能的惊惧，人总是会触景生情地联想到自己。

电视机里的女主角还在尖叫，我不知道她抗拒的对象是恋人还是家人，为的又是什么理由，可能是她的恋人对她的交际圈指手画脚，也可能是她的家人对她的恋人挑三拣四。

无论如何，对于他们这些能发自真心说出“我不要你管”的人，我很羡慕。

有人管，说明有人在乎你，甚至在乎到叫人厌烦的地步，他们在乎你今天有没有吃够三顿饭，在乎你在雨天有没有带伞，在乎你选填的大学是不是前途无量，在乎你选择的恋人是不是体贴入微。

被人管着的人常常是“身在福中不知福”，带着一股子浑然天成的稚气与叛逆，用俗气一点儿的话说，这些人“一看就是被宠大的”。

在溺爱中长大的人，并不讨厌，反而更是惹人喜欢，比如南冰，比如向海。

因为他们不缺爱，所以不会对任何人卑躬屈膝，如今拥有这般傲气的人已经很少了，才会有那么多人心神向往，比如我，对南冰，像是追光的蛾、上岸的鱼。

我想要被人管。

可是从懂事开始，我就在自己管自己。几点做完功课，睡前对着课表收拾书包，放学后要走大路，浅色的衣服不可以和深色的一起洗，炒菜的时候要先烧干了锅子再放油，拖地的顺序是从墙角往外擦……我习惯了自己围着自己转，还要围着别人转，爸爸的汤要少放盐，艾铭臣的裤脚要卷起来。

有人管我一下，我就受宠若惊。

“我管你去死！”南冰总是这么对我叫，但是她从来没有放开过我的手。

跟在她身边，我总是处于恃宠而骄的状态，像一只瞪着眼睛的幼崽，被母兽的尖牙利齿温柔地叼着脖子。

外面的深山丛林能有多好，只要可以被她管着，我没有自由也可以。

- 02 -

把杂物都收拾好了，我穿过客厅时顺便关掉了嘈杂的电视，在密集的雨点声中走进南冰的卧室，看见她横卧在床上休息，拆开的纸箱胡乱堆放着，每一件衣物鞋帽都在上演“寻人启事”。

我趴在床头，拿起一绺她的头发拨她的鼻子，看她皱眉、撇嘴，我憋着笑，在把她撩醒之前见好就收，不然我就得挨鞭刑了。

闲得无聊的我开始收拾南冰的东西，她的这间卧室比我的要小一些，但是带个阳台。两室一厅，一厨一卫，这套房子虽然坐落在没有物业只有居委会的老小区里，但是装修风格非常讨喜。白墙、木地板，原木色家具、浅灰色沙发，一点儿多余的配色也没有，标准性冷淡风格，有点儿审美尊严的年轻人都喜欢。

我们是匆忙换的房子，按理是碰不到条件这么好的，却正巧赶上李鸽的房子空下来要转租，按南冰的话说，多亏她认识了李鸽这个朋友，所以我还是应该谢谢她吉人自有天相，我就是蹭她运气的那个腿部挂件。

我不跟她犟嘴，眼睁睁看她挨下向海乘以许雯雯那一道毁天灭地的冲击波后，我就决定无条件无节制地宠她、容忍她、伺候她、奉承她一个月，虽然转念一想，这和平时也没差……我就没为难过她，所以她说要搬家，我麻利地滚起来打包，一句废话也不多问。

也不用问，换了我，换了谁，都不可能再睡在那一张前男友和现闺蜜偷情未遂的床上，而南冰比起任何人都要更彻底一些。

还好有我拦着，她才纵火未遂。

那个一百五十斤的床垫被南冰——错了——是由娇弱的我，艰难地从楼梯间，一级一级台阶拖出去，南冰双手倒也没闲着，却是在指天戳地忙着爆粗口，终于把床垫扔到了楼下的废品回收处，她还不解恨，要点火烧了。

我看周边全是废纸箱和生活垃圾，赶紧抱住掏出打火机的南冰恳求："这边易燃易爆物这么多，你这一点火万一引发了爆炸，烧到我们的房子不好吧？"

她回以冷笑："这房子已经脏了，烧了干净。"

"可是里面放了我们的钱和存折，它们是干净的！"

意识到钱是无辜的，南冰才如梦初醒地看着我，点了点头。

"艾希，我想把所有脏东西都烧了。"南冰神色恍惚地转过头去，很轻的风吹起她的发丝，把一两根送进了她的嘴里，而她无知无觉。

"你傻了，那这世上还剩下什么？"我一只手拉着她的手，一只手抬起来去整理她的头发，"只剩下你，连我也不在了。"

- 03 -

我们还是烧掉了这张床垫。南冰已经放弃了，却是我突然坚持，因为眼下的我再也想不到还能怎么哄她，只是看着她的侧脸，我就心尖疼，要是直视她的眼睛，那烽火戏诸侯就是我会做的事儿。

可惜我不是昏君，也没有毁天灭地的军马战车，我就拥有这么一双仅仅拿得起画笔的手，为了南冰，别说拖着一张床垫穿过整个小区，就是她睡在上面要去环游世界，我废了这双手也要带她去。

“艾希，我下午还有课呢。”南冰站得远远地对我说话，假装在看风景。

十分钟过去了，我拖着这张双人床垫差不多挪出去了三步远的距离，路过的人倒是不多，也可能有不少人远远看见我，觉得此人的行迹和精神都很可疑，于是绕道走了。

我瞪她，喘着气道：“你不搭把手？你不看我这是为了哄谁开心？”

“谁？”南冰恢复了往日的神情，一张广告大片里居高临下又云淡风轻，纸醉金迷又看破红尘的超模脸。

“南冰。你认识吗？”

“哦，听说过，我建议你啊，想讨姑娘欢心，不如买个包送她。”

我翻个白眼：“买药行吗？”

“包，治百病。”她微微一笑。

我抚摸胸口顺了顺气说：“我觉着我需要吃药。”

见到南冰开始事不关己地玩手机，我直起腰，默默盯着她，盯了有三分钟，她终于忍受不了，走过来帮忙。

别看南冰细胳膊细腿的，我从来不怀疑她的腕力可以扭断一头牛的脖子，果然亚马逊女武神一出手，我立即觉得轻松很多，很有一股冲动抬着这张床垫从这儿一直走到簋街去躺着吃麻辣小龙虾。

“我想搬家。”她说。

“搬啊。”我回道，“等租约到期，也就两个月吧。”

“多耽误一天，我怕我会忍不住——”

“杀了许雯雯？”

“那倒不至于，最多见一次打一次。”

“她会躲着你的，昨天我们回家就没见着她了，估计今天也不会回来吧。”

“只要想到她也住在那屋子里，她碰过茶几，坐过沙发，用过热水器……”南冰凝视着晃晃悠悠的床垫，“我就想喝消毒液。”

终于来到焚化炉空地，炉子里正在烧垃圾，空气里弥漫着刺鼻的硝烟气味，仿佛这儿曾经历过一场漫长的火拼。我把床垫点燃，一些飞絮扬起，与在北京上空浮沉的沙尘放肆纠缠起来，最后化作一团浊雾。

我被呛出眼泪，拉着南冰的手腕要走，却拉不动，她像是一面被钉在地里的旗，身体倾斜，长发飞扬，战败，而不屈的样子。

“我感觉自己死了一次。”她望着起伏的火焰冷笑，“不对，第二次，嗯，我死了两次。这两次，我都是为向海死的，现在我要重新活了，第三次我情愿孤独终老，也不想再为向海去死了。”

“重色轻友。”我擦掉眼泪，看着她被火光映照得微微发红的眼睛，“你这三辈子里，可都有我，怎么不见你多提两句。”

南冰转过脸来，漾开的笑容犹如破冰般发出清脆的声响:“你啊……”她的一声叹息里，千言万语。

我说：“有我在，你活得会比所有儿孙满堂的人还要热闹。”

她一转手轻轻捏住我的手腕，回应我的承诺。

“不好的都过去了。”我擅自替我们的未来做主——却也是发自真心地坚信不疑——“我们会好的，因为我们配得上。”

- 04 -

搬家之前，我和南冰也只见过一次许雯雯。

因为在夜场工作的缘故，平时早出晚归的许雯雯不用特意躲我们就已经有种天人永隔的距离感了，我们的白天是她的黑夜，她的黑夜是地下三千尺，而我们依旧在人间。

那天许雯雯应该是刻意等我们回家，一推开门，我就见到她坐在暮色里，像往常一样歪着身子躺在沙发上，因为容貌变了，一时间我竟不敢认。

屋里没有开灯，昏黄的日光笼罩着她轮廓鲜明的侧脸，她盯着黑屏的电视机，脸上不再是以前那般戏谑夸张的神色，化不开的悲伤气息在她的眉眼里兜圈子。她是变美了，那个上蹿下跳的母猴子如今沉默不语地坐在那儿，竟然也会叫人觉得心疼了，只是她的美里带着浓重的风尘气，仿佛你走上前去想关心一下，她却会妩媚地对你开口道一声：“老板，玩吗？”

“怎么是你？”许雯雯听到动静，坐直了身子，见了我却很失望，“她呢？”

“不知道。”太久没和她说话了，我的语气有些生涩，也不是因为她整容了叫我觉得陌生的原因，“南冰不想见你。”——发生了那样的事情，我于情于理都对她热情不起来——

“那也不能躲我一辈子。”许雯雯的语气也冲起来，“你跟她说，大家都住这屋里，总要碰面的。”

“见不到了，我们准备搬出去。”我说。

她立即被噎住了，喉咙上下动了动，整个人陷进沙发里。

我瞄了一眼茶几上一套奢华的护肤品套装，价格估计过万了。

“不是给你的。”许雯雯呛我一句。

“我知道，但是要得到你这份大礼，付出的代价有些大不是吗？”我呛回去，“我要不起。”

“不能只是惩罚我……”许雯雯的气势去了一半，本来就理亏的她只能垂死挣扎，在黄泉路上拖个伴儿，“讲道理，你们要杀要剐，也不能漏了向海。”

“你说你是不是脑子掉进胃里了，招谁不好你要去惹向海？”我的质问里有些掩不住的心酸——我觉得她蠢得好笑，又可怜——“难不成你还指望睡了一觉，他那种人就能对你有感情了？然后你们奉子成婚了，我和南冰还可以给你做伴娘？”

“我没那么贪心！”许雯雯突然咆哮，却看也不敢看我，只是盯着地面，“我知道我不配！”

看着她这副自作自贱的样子，成分更浓郁的心酸从我的胃里涌进大脑。“你傻啊，就为了那一时半刻，你连姐妹都不要了？向海再好，他比得上我们三个人这么多年的感情吗？”我的火气下去了，最后几个字说得气若游丝，“你知不知道，你这么一搞……我们就散了。”

“散就散吧。”许雯雯站起来直视我，轻飘飘地说，“早该散了。”她那双曾经被单眼皮和狭窄眼睑包裹的瞳孔，如今在做了眼部整容手术之后，似乎蒙上了一层盈盈闪烁的水雾。这双精雕细琢的眼睛，真美，却无神。“只要和你们在一起，我永远都是许雯雯。”她的声音也空洞洞的，像是被掏走了全部矿物的一条长长的隧道，风从里穿过，放肆，悠长，“我不想再做许雯雯了。”

“你已经不是了啊。”看着眼前这张陌生的脸，我不禁苦笑，“以前的那个许雯雯，就是再花痴再犯贱，也不会去勾引好姐妹的前男友。”

许雯雯的嘴角抽了抽，或许因为鼻子里的硅胶拉扯了皮肤的原因，她的表情看起来有些似笑非笑。“以前的那个许雯雯也没本事让向海爬上她的床，不是吗？我马上就有钱做下巴了，还有额头，我还要打美白针、玻尿酸、肉毒素，我全都要。”太阳已经落山了，她脚下一丝光都没有，朝我一步一步走来时像是从阴冷的河里慢慢浮现出身体，“我会变得比你，比南冰更美。一个向海算什么？我拥有的会比你们多得多，男人！钱！多很多！我不需要什么姐妹，我也不想为了讨好你们去假装自己还是那个许雯雯，你们想要有东西逗你们开心，不如养条狗！”

半晌，我才从她带来的压迫感中回过神来，一时间怒火中烧。“什么叫讨好我们？我们在一起那么开心，难道都是假的吗？我们对你的每一次关心，难道也是假的吗？”大家在一起这么多年，从来都是真心相待，我不能原谅她把我和南冰形容得这么不堪，“好像我们是虐待你的后母一样，大家都是平等的，是你一个人在脑补我们是坏人，是你太自卑了！”

“对！你们！你们！你们！永远都是你们，你和南冰，永远的主角！”许雯雯爆发尖叫，“而我，一个配角，每一次的出镜，都只是为了衬托你们身上完美的弧光！我要钱没钱，要脸没脸，我甚至连脑子都比不过你们，我连一个正经大学都考不上！我当然自卑！”

面对她的步步紧逼和刺耳的自白，我不自觉地退后了一步，或许我瑟缩的举止使她意识到自己的失态，她如梦初醒般站在原地不动了，深呼吸，抬手揉了揉额头，最后蹲下来，双手捂着脸。

“散了好，你们放过我吧。”许雯雯发出冷笑，嘶吼过后的嗓子哑了，声音听起来像在哭，“我每一次面对你们和你们那完美的男朋友，我都无地自容，却还要嘻嘻哈哈地假装自己和你们是同一个画风，本来，像我这样的人，和你们做朋友就是太勉强了。”

我哑口无言，不知道再说什么，因为我真的不认识她了。

眼前这个人，无论是许雯雯的灵魂或是皮囊，她连三分都模仿不来，她是一个最不称职的替身。

如果她是许雯雯，我现在可以想什么说什么，大不了骂完之后再抱头痛哭，她犯傻也不是一次两次了，只要她认尿，我们原谅她也不是一次两次了，再多一次也没什么——可是她不是——

她低头蹲在那里，整个人埋在犹如暗河的阴影中，看不见我的眼泪砸在地板上。

我想我们是永远地失去许雯雯了。

- 05 -

在南冰回来之前，我都没有再和许雯雯说一句话，因为我感到没来由的疲惫，像是当初在快餐店打工时，面对地板砖缝隙里的一块口香糖残留，我又敲又铲，气急败坏，它又黏又硬，冥顽不灵。

但是我也没有离开客厅，因为我不想南冰回来时独自面对许雯雯，那个场面太尴尬了，也太血腥了。

室内一片死寂，许雯雯坐在沙发那一头，我坐在这一头，像是两座沉默的坟头，压抑的气氛犹如野草般飞快地占满了每一平方米的地板，当门外走廊里传来“咯噔”“咯噔”的高跟鞋声时，这一片荒芜之地才终于焕发了生机，唤醒它的是杀气，却也是最汹涌的生命活力。

南冰携着一双利剑，伴随着战鼓登场。

许雯雯立即坐直了身体，神情姿态却不像是要迎战，而是听候发落的罪犯。

我也莫名紧张起来，心脏跳得像是在跑八百米冲刺，还好这个状态持续得并不久，要这么跳三小时估计我就得躺担架了——南冰开门，目不斜视地穿过客厅，走进卧室，南冰关门——全程大约十秒钟。

许雯雯连一个字儿都来不及从嘴里吐出来，就那么保持着撅起屁股要站起来的姿势，演绎了十秒钟目瞪口呆的表情。

南冰这一招一箭穿心真的狠过枪林弹雨，硝烟还来不及蔓延，战争就已经落幕。

踌躇了大约半分钟后，许雯雯提起用来赔礼的护肤品套装，走去门口站了约半分钟，她才以假装一切都好的口吻轻声喊：“冰冰？”

“我们聊聊？”讨好的语气，“对不起。”

“我道歉还不行？”突然扬起了声调，“你想怎么样？”

“南冰！你开门！你躲什么躲？”恼羞成怒了，“你躲个屁！”

“你不是很能吗？你怕我了吗？”许雯雯开始狂躁地拍打着门，她明明是来认罪的，气势却像是要拆迁也像是要抓奸，“你骂我啊！你打我啊！我不还手，你最好能打死我！”

强催的肾上腺素用尽之后，毫无底气的她终于又变得低声下气：“南冰，你真的要因为一个你不要的男人，不要我了吗？我错了。别走，求你们了，我舍不得你们……我真的舍不得……”

她那比过去消瘦了许多的身体，像一根被遗弃的破拖把般斜倚着门。

我扼杀了体内所有可能涌起的同情，因为哪怕只有一丝丝，也是对南冰的背叛。

我冷酷地别过脸去不再看她，若无其事地打开了电视机，用噪音填满被各种情绪扭曲的空间。

这一个日落之后，我们再也没见过许雯雯。

- 06 -

雨势渐小，随着最后一滴雨划过窗玻璃，南冰醒了，她见到床边趴着的我也不惊讶，缓缓眯起眼来笑了，这一笑太美，是我穿越了春秋和战国、宋元明清后，来到这一世这一时，才足以有幸与这一笑近在咫尺的美。

她的嗓音伸了个懒腰，含糊不清地问我“挨这么近，你是要亲我吗？”

“已经亲过了。”我坏笑。

南冰翻身坐起来，对着井井有条的屋子揉了揉眼问：“田螺姑娘来过了？”

“田螺姑娘要求你以身相许。”我爬上床，坐在她身边，边抬起她的一条胳膊边钻进她腋下，抱着她说，“我要是放着不管，到明天这时候你还在睡。”

“这话说的，你看我是故意躲活儿的人吗？”南冰轻拍我的头顶，顿了顿，“——是。”她自问自答：“我的技能树没有点上做家务的技能，这不怪我。”

我追问：“那你点上做饭的技能了吗？”

“我……点上了请你吃饭的技能。”她冲我亮出两根手指，“还有甜品。”

我把她的第三根手指拨起来：“还有咖啡。”

“是不是还要给你买些水果？”她边揉我的头发，边起身。

“你知道我从来不会拒绝你。”我跳起来，抢在她身前像个最忠诚的小太监般，捡起外套为她披上。

“不穿了，太热，我换一件厚点儿的T恤就出门。”她脱下外套和上衣，漆黑顺滑的长发在光洁的后背上轻轻摆动着，使她看起来像是一生不曾被鞍束缚的马。

寒风萧瑟的日子过去了，我却不清楚也不在意现在是什么季节，北京似乎从来没有四季分明，我感觉自己永远被困在了落叶堆积的秋天里，人们在冬天也会挽袖嫌恶烈日，在夏天也曾举伞迎着飘雪，唯有风沙，肆虐不止。

- *07* -

已经有三十九天没见过丁兆冬了，我对他的感情正随着时间的流逝，慢慢被磨损、被剐蹭，说不上这算是好事还是坏事，因为我对他有憎恶，也有感恩，有抵触，也有依赖。当负面的情感被削弱时，正面的就开始胀大，当温情被遗忘时，恨意又填满了我。

南冰告诉我，当时她借给我的那五万块，原来是丁兆冬要她转交给我的。

那时候许雯雯用短信无数次地骚扰过丁兆冬，直到终于接到他的电话时，她差点儿没冲去大董烤鸭订几十桌婚宴酒席——这一幕画面是我想象的——当然她也可能空着肚子冲去医院要求做剖腹产。

结果丁兆冬只是找许雯雯要南冰的电话。

那一天的前一晚，是我第一次走进丁兆冬的家门，而南冰把我这只羔羊从他的虎口中拖了出去。

我当初以为自己绝不会辜负南冰的拯救，哪想到我会这么贱，竟是一而再再而三地自投罗网，现在回想起来，也只能艰涩地对自己冷笑。

“当时我接了电话知道是他后，就骂了三分钟，也许五分钟？对面一直没声音，我还以为他背过气去了，结果等我要挂的时候，这人又突然诈尸，一开口就是问你的事情，他跟我打听你是不是真的没钱交学费。”——和许雯雯撕破脸的那天，我们坐在天桥上，不等我发问，南冰就主动对我描述了整件事的经过，和许雯雯意味深长的爆料相去甚远，她并没有和他见过面——

“我和丁兆冬之间的来往就只有这一通电话，然后他转了五万过来，叫我以我的名义借给你。我不知道他打的什么算盘，但你当时急需用钱，而我又一时间拿不出来。”见我没有反应，南冰有些紧张，摆出要杀要剐悉听尊便的气势来，盘腿坐着对我道，“这钱，我自作主张留下了。你要怪我吗？”

“我不怪你，不管你做什么，还是瞒着我什么，都是为我好。”我摇头。

南冰松了口气，继续说：“你把钱还给我以后，我就立即转给了丁兆冬。如果不是许雯雯为了气你，把这事儿说得这么难听地捅出来，你一辈子也不会知道，因为我和丁兆冬说好了就当从没发生过。”

我迷茫地问：“可是他为什么要这么做？”

“像他们那些企业家，都挺迷信的。”南冰摊开手，她并不关心丁兆冬的动机，随口胡诌道，“可能对你做了坏事儿，行个善，买个心安吧。”

“我想不通。”

“你现在跟他这么熟了，自个儿去问。”

到现在我也没机会去问他，也不知道是他在躲我，还是我有意无意地在躲他，如果没有时钟分分秒秒那么精准地提醒，我感觉已经有十年没见过他了，而我真真切切正在躲着的人其实是禾仁康，他却又偏偏是这个世上我最想在一起的人。

- 08 -

南冰看着我把禾仁康的电话拉黑，她说：“打女人的男人就是美过《泰坦尼克号》里的莱昂纳多也不能要。”——我辩驳说自己爱的不是他的脸，是才华——“就是才华胜过凡·高也不能要。”南冰轻敲我的头说，“被爱蒙了心的傻妞儿，知道人命关天吗？爱只是一时的，人要活一世的，还有许多比爱重要的事情要做。”

她说的道理，我当然知道，只是成年的男男女女又有谁真傻到分不清对错，却还不是一个个撞得头破血流，被旁人劝解、耻笑，依旧义无反顾。爱这个东西，两个人喝是一碗蜜，一个人喝就是一碗毒，夺你心智，蒙你双眼，叫你从骨子里犯贱——我爱禾仁康——不是一天两天不见他，不想他，就可以不爱。我爱他，不见他，不想他，比披荆斩棘还要累，已经耗尽了我全部的力气。

我必须躲着他，因为我的每一根贱骨头都在蠢蠢欲动地怀念他，只要他站在我眼前，我知道我这一整具身体会立即没出息地散了架，要他过来抱抱我才肯站起来。

而禾仁康竟也真真切切站在了我眼前，像是回应我寂静无声的呼唤，他的微微一笑翻转了时光，和我第一次见他时一样，那笑颜如同被轻轻摩挲过的风雪般清透。

- 09 -

这一天，当江子芸的名字显示在手机屏幕上时，我一瞬间汗毛倒竖，看来丁兆冬终于是忙里偷闲想起我这个玩物来了，长叹一口长达一百米的气后，我做好了被召见的心理准备，强打精神地按下接听键，却听见她萎靡不振，紧张兮兮的声音：“艾希，我在外地，已经有整整三天没联系上丁总了，他也没去公司，你……请你去他家里看看，我真的很担心。”

难得她对我用上了“请”字，看来也是找不到更合适的人选去敲丁兆冬的家门了。我想，万一那个人有什么差池，总不好让他的员工看见，不然偌大个公司该乱成什么样子。

我心里隐隐也有些怕丁兆冬出了什么事儿，但我马上掐灭了这一丝不该存在的关心——换个角度想——我答应江子芸去看一看究竟，只是因为找不到什么理由拒绝，尤其是面对一个几乎不会向我恳求的人，我和她又没仇，落个人情也挺好。

这么说服自己后，我心里舒服多了，于是坦然地对出租车师傅说出了那个再熟悉不过却又已经生出些陌生感来的地址。

禾仁康就站在丁兆冬家的楼下等我，不知道等了我多久，他支起了一个帐篷，正当我奇怪这个应该出现在深山或海边的东西怎么在这儿时，他从里面钻出来，若无其事地冲我招招手，他身后的高楼大厦于是化成了群山，车水马龙于是化成了海浪。

“艾希，我打你的电话，可是你不接，我去你家找你，可是你不在。我很想你，我每天在这里等你，我下决心只要再见到你，一定不会让你再离开我身边，我会对你非常非常好，我一定不会再吓唬你、欺负你，我用我的命向你担保，从今以后，你的生命里只会有喜乐，不会再有哀愁。”禾仁康边走向我边说，“艾希，我想要你嫁给我。”

群山和海浪向我扑过来，企图带走我，吞噬我，可是我却傻傻站在原地，比起死里逃生，更想投怀送抱，因为太美了，我目不能移，死得其所。

人生苦战，我要赢，会拖累我的，我不要。

第二章
Chapter - 02

- 01 -

究竟是谁更勇敢？面对明知不可为之事，有不惧玉石俱焚而为之的人，也有明哲保身而不为的人，前者也许一生戛然而止，后者或许一世郁郁寡欢。在我看来，他们都既是愚者，也是智者，却不知谁是勇者，因为舍命一搏和画地为牢，同样需要巨大的勇气来支持。

面对禾仁康的求婚，我只有两个选择，在惊涛骇浪般狂喜的冲击下，恐惧的情绪被适当地诱发了出来，使得我恢复了一丝犹如孤舟般纤弱的理智，在心里迅速演算了两个结果。

接受他，我的生活将会翻天覆地，前功尽弃。

拒绝他，那么一切维持现状，足以攻守兼备。

经过并不算严密但也合乎最优生存概率的计算，我选择了拒绝他。

我不是孤家寡人，没有不顾一切的资格，理智是个好东西，每个拖家带口的成年人都应该拥有。

我头也不回地往前走，身后的脚步声没有停止，我不敢回头看，怕自己的意志因为禾仁康的眼神轻易摧毁，实际上我不看也猜得到，他现在望着我的眼睛里应该是风雪环绕的山巅，湿润的、空灵的，又冷又孤寂。

“艾希——”他的嗓音发颤，“我只有你。”

——我知道。

禾仁康的孤独是不需要言语的，他站在人海里，像是被日光屏蔽，他站在夜幕下，像是活在没有星空的平行宇宙。

“对不起——不对。”我停下来，昂首挺胸，我不能道歉，那样会对不起南冰，我转过身直视他，“不应该是我道歉！你不能一边哭着说需要我，一边打我。身为一个人，就算我犯了错，也应该得到公正的审判，任何一个人都不应该对我动用私刑。”

禾仁康没有说话，他只是凝视我，像是一只被遗弃的猫。

和离不开人的狗不一样，猫是自由而冷漠的，所以一旦它对人产生了留恋，更叫人心碎。

我不是一个好人，我有伤害杨牧央的经验，想要伤口快速凝结的方法，就是同归于尽，不留余地。

“你走吧，我以后也不想再看见你了。”见到禾仁康又上前一步，“别跟过来。”我撂下狠话：“你知道我是丁兆冬的女朋友，他应该不会想看见我们在一起的样子。”

- 02 -

站在走廊里，我频频回头看，确定禾仁康没有跟上来之后，才掏出房卡打开了丁兆冬的房门，熟悉的气息立即向我袭来，清冷的、干燥的，香草混合着咖啡豆的气味。

在房间里放眼望去，和我最后看的一眼没有区别，我怀疑即使几十年上百年过去，这里也会是这副被冰冻保存的模样，我轻手轻脚往里走，生怕惊醒了冰系魔法的妖兽。

“有人吗？……丁兆冬？”我站在客厅中央试着轻声呼唤。平时我很少对他直呼其名，偶尔开玩笑会叫一声“丁老板”，因为跟他之间的关系太微妙，所以我找不到自己的定位，叫“兆冬”太亲热，叫“丁兆冬”又显得不自量力，毕竟于他，我是处于匍匐的位置。

楼下静悄悄的，茶几上放着敞开的医药箱和一个空杯子，我看见被取出来的退烧药，最后我在楼上的卧室里找到了正在睡觉的丁兆冬。

他睡得很浅，鼻腔里轻哼出声，似乎备受煎熬地不断翻转身体，我的手刚摸上他的额头就把他惊醒了，却是我被吓到轻呼出声，因为他抓得很用力，双眼紧张地瞪着我。

“跑啊！”他叫。

“跑什么？”我也被感染了惊慌，如果他是一条哈士奇的话，现在已经被我一鼓作气抱起来冲到了一楼。

丁兆冬的双眼从震荡中重新聚焦，看清楚了是我并不是什么凶鬼恶灵之后，先是明显的安心，接着又像是熬过了余震之后，平静地扫视一片废墟：“艾希？”他无奈又焦躁地叹息，“怎么是你……”

我对他的口气感到不满：“不然是谁？”

他说：“梦见我妈了。”

我想起他的父母葬身火海，半秒的语塞后立即转移了话题：“你吃了吗？”

他一怔，显然是被我如此僵硬的“灵机一动”弄蒙了。

我尴尬地赔笑，试图用手抠开正紧紧握着我手腕的手指："烧几天了？要去医院吗？"

丁兆冬猛地一拽，使我倒在他身边："陪我睡会儿。"

他入睡得很快，也睡得很沉，干瞪眼的我被他搂了没十分钟，就听见了均匀的呼吸声。他的呼吸很烫，因为贴得很近，几乎是在给我的脸蒸桑拿，快被清蒸的我把他船桨似的长胳膊从身上拨开时，他皱了一下眉，倒也没醒。

我从冰箱里弄了些冰块做成冰袋放在丁兆冬头上后，就开始在厨房里忙活，能找到的食材还是我之前买的那些香菇、香肠和面条等干货，仿佛这段时间他都靠喝水活着，我打开冻格拿出牛排，切碎后熬了香菇牛肉粥。

等开锅期间，我给丁兆冬换了两趟冰袋，看他浑身湿透了，我费力地脱掉他的上衣，用干毛巾擦了擦，这人太壮了，哪儿都死沉，抬胳膊时简直与抬杠铃无异，弄得我也满头是汗。

他哼哼了两声，老实得像是被打了麻醉枪的老虎，没了攻击力的大猫还是挺可爱的，我忍不住趴在床头，端详他的脸，轻轻捏着下嘴唇弹了弹，紧闭着眼的他恼火地喷出一口气，我笑出声，在这条没打着火的龙睁开眼之前远远跑开。

粥煮好后，又慢火炖了半小时，我也拿不准丁兆冬什么时候起床，便端到桌上想着由它自然放凉好了，我留张字条就走。

第一个字那一横还没落笔，丁兆冬就悄无声息地从楼上下来了，他拉开椅子在我面前落座，眯着眼敲了敲桌面，示意我给他盛粥。

我说：“太烫了，等会儿放凉了喝。”

他不置可否，侧过脸来托着下巴看我，一副要打持久战的样子。

我忍不了他激光似的高温视线，盛了一碗粥推到他眼前：“那你喝吧，别怪我没提醒。”

他用手指轻轻碰了碰碗沿后就嫌弃地皱眉。“啧。”他冲我命令道，“吹吹。”

- *03* -

花了两个小时喂丁兆冬喝完一整锅粥后，我也算体验过了当奶奶的感觉，他在椅子上也就老实地坐了十来分钟，然后就开始走动，先是换了件干净的T恤，接着打电话给江子芸交代一些工作，边打开电脑查收邮件，又去书柜里翻找文件，我追着这个腿长一米八的熊孩子喂饭，几乎跑完了八百米。

看着丁兆冬赤脚坐在沙发上，无意识地以手掌搓揉着眉心，他的刘海塌下来，伴随着簌簌作响的文件翻动声似流沙般流进指缝，突然间，那些我们分离的时间被压缩得无影无踪，仿佛我是第一次走进这间客厅，又从来没有离去。

他抬起头来与我四目相对时，这熟悉的感觉如同我与自己那颗长歪的智齿，我们针锋相对，又相安无事，偶尔被它刮出一丝甜腥，惹我烦忧、无奈，却又安心。

与他对视不过三秒，我就莫名不自在了，于是端着空碗转身走向厨房，“我去洗碗。”

他突然站起来说：“先洗我。”

- 04 -

在浴室里，丁兆冬理所当然地要和我做爱，但是并没有进行到最后，也不知道是因为他病怏怏的体力不支，还是因为我心不在焉的扫了兴，我们前戏匆忙，默契全无，只好提前谢幕。

丁兆冬在水汽缭绕里，欲言又止又满腹怨言地瞪着我，最后转过身去把浴帘一拽，自顾自洗起澡来。

我无所谓地扯过浴巾边把自己擦干净边往外走，心里记挂着禾仁康，从落地窗前往外看，由于视野被树木遮挡，也看不见他离开没有。

“离了我以后，你还活得挺好。”

丁兆冬走路没有声音，他的手指穿过我的头发，轻抚我的后脖颈，然后一手握住了我的脖子，被猎豹咬住静脉，就是我现在的感觉。

“我不过是个随叫随到的奴隶。”我挺直腰背，视死如归，“既然主子没想起来使唤我，做奴隶的也是人，也得打理好自己的日子。”

“哦？倒怨起我来了。”

“我不敢。”

“你是我花了五十万买的，没忘了吧？”

“我记得。”

“我比较喜欢主动的女人。”他贴上我的耳朵，舔了一下，“你最好也记住了。”

他的舌尖好烫，像一把烤透了的火钳子，我瑟缩了一下，他发出嗤笑声，似乎为自己成功调戏了猎物而扬扬自得。

“那五万块钱呢——”我转过身，突然发问，“你为什么要通过南冰借给我？”

他果然愣了一下，我成功地反客为主，禁不住也得意地笑出声。

“所以？”他以反问代答，很显然不知道我为什么提这一出，也没准备好应对。

我伸出双手搂着他的脖子，笑着挑衅道：“我怀疑你对我一见钟情。”

“哦？”他微微皱眉，但是嘴角却浮着玩味的浅笑，“我不记得你以前有这么自恋。”

“有人告诉我，第一眼爱上的人，是一辈子都走不出去的坑。”我笑得有些破罐破摔的放肆，“可是我不爱你，所以你只能用钱把我留在身边。”

“保持住这种嚣张气焰。”丁兆冬一把把我抱起来，转身扔在了床上，“挺有新鲜感的。”

他像往常一样压上来时，我一反常态地闪身骑在了他身上，一手按在他赤裸的胸膛上，以整个身体的重量迫使这头野兽仰面躺倒。

我已经不再是猎物，并不是我立志要做猎人，而是我的人生走到这一步，也只能殊死搏斗了。

还在发烧的丁兆冬明显体力不如从前，躺在我身下一动不动，说话时直喘气还要嘴硬：“你倒是挺照顾病号。”

“我只是在照顾老人家。”我刻意地媚笑。

“有爱心的小姑娘。”他的双手摸上我的腿。

这瞬间，我难免想起禾仁康，他总是老气横秋地叫我“小姑娘”——

禾仁康向我求婚了——我后知后觉地意识到——我最想与他共度余生的那个人，清清楚楚地向我求婚了。

这枚苦涩糖果填满的炮弹，在横跨太平洋之后终于在我体内爆炸。

眼泪代替我被轰炸得七零八落的魂魄，雷雨般砸在丁兆冬的胸口，这突如其来的恢宏气势几乎要把他砸出坑来。

丁兆冬的双手动作停滞，瞪大了原本迷蒙的双眼，即刻退烧般视线清晰地聚焦在我脸上，甩下一句“神经病”后，抓着我就要扔到一边，企图翻身坐起来。

在这一步退让的话，我知道自己一定会崩溃，就再没有勇气提起刀来了，所以我压上去凶狠地吻他，双手掐着他温度还未褪去的脖子，主动扭起腰来，像是手握利刃，刺入拔出，我要赢。

我不要禾仁康了，我紧闭双眼，看见了漆黑的乌云卷动，禾仁康站在旋涡中心，悲伤地看着我，最后被聚拢的黑潮带走。

已经杂乱无章的心里，有妈妈和南冰住在里面就足够了，我没有余力再去关注更多，我这么年轻，又这么贪婪，我需要的是可以冷静交锋的丁兆冬，而不是叫我舍生忘死的禾仁康。人生苦战，我要赢，会拖累我的，我不要。

丁兆冬长出一口气，汗珠密布的大腿痉挛般颤了颤，脖子上被我留下了明显吻痕的他，此刻看起来像被乱箭贯穿般不堪一击。

我把他沾满汗水的刘海捋了上去，面对他难得居高临下地笑了：“你输了。”

“我还想输得更彻底一些。”他伸长手钩住我的脖子，撑起上半身来轻柔地吻我。

- 05 -

在天边的火烧云蔓延开之前，禽兽丁先生终于恢复了西装革履的人模样，他要打电话订餐厅被我拦下了，我觉得他大病初愈，应该吃些清淡的家常菜。

如果丁兆冬没有坚持要陪我一起去超市买菜，那么接下来的一幕就不会这么尴尬，我的心脏也不用吓到连连打嗝。

当丁兆冬打开门时，他一定想不到禾仁康会坐在外面，所以他现在整个人凝固了，当禾仁康抬起头来欣喜地看着我时，他也转过脸来似在质问地看着我，而我因为心脏还在蹦迪，“呃……呃……呃……”了半天，一句完整的话也整理不出来。

“哥，艾希。”禾仁康站起来，提起他脚边的两大袋子食材，冲我们羞涩一笑，“我买了菜，你们应该还没吃晚饭吧？”

- 06 -

此时此刻的气氛温馨得诡异，像是美国灾难片的开场，灶上的牛奶锅在咕噜噜作响，烤吐司的香气充盈了房间，阳光透过百叶窗洒在全家人毛茸茸的头顶，爸爸妈妈和小孩子们边打哈欠边相互道着早安，然后下一秒，主角的眼前一黑，天崩地裂，怪兽出笼，地动山摇，世界末日。

禾仁康在洗菜，丁兆冬在摆放碗碟，我在准备做孜然牛肉的调料，他俩正在有一搭没一搭地聊天，我的双手重复着抓揉肉片的动作，同时留心着他们的一举一动，等我回过神来时，肉碎得都快能包饺子了。

“哥，你帮我拿个篓来装扁豆吧。”

“你用这个碗。”

“不行，得沥水。”

“拿去。”

“哥，你把培根拿出来。”

“自己拿。”

“那你打蛋。”

“不会。”

两个男人的琐碎对话混在水流声和电视嘈杂声里，伴随着塑料袋搓揉声，碗碟磕碰声，饱含着一种过日子的朴实感，特别温情，特别岁月静好，衬得我特别多余，而我也真的很想趁两人气氛融洽时，悄悄退出这场戏，避开灾难片的高潮。

- 07 -

最后我们做了一桌子菜，因为禾仁康买的食材太多，他和丁兆冬像是在竞技似的把菜全洗了，带包装的全拆了，现在面对比十口人家过年还要丰盛的餐桌，我有点儿慌，想要打电话把南冰和许雯雯，还有向海和怪兽，甚至杨牧央都叫来——

啊，突然间，我意识到——除了南冰，其他人都从我的地图上走丢了。

突然间，有转瞬即逝的寂寞感轻轻擦过我的心尖。

“哥，你吃过艾希做的孜然烤土豆吗？”禾仁康对丁兆冬说，“有肉的味道，比肉还好吃。”

他的语气很平和，只是丁兆冬没有接话，短暂的沉默使得空气立刻绷紧了，他于是端着碗傻笑，往嘴里拨了一口冒着热气的饭，在顶灯下，一双眼珠子像是从墨汁里捞出来的玉，潮湿、温润，黑得透亮。

“你生病了为什么不告诉我？”禾仁康继续对丁兆冬说，“你一到换季就容易发烧，去年我不是给你列了个单子吗，照那上面吃药能好得快些。”

丁兆冬还是闷不吭声，我也埋首吃饭，虽然我对自己的厨艺很有信心，却也味同嚼蜡，眼前这个场面对我来说实在是生命不能承受之重，感觉味觉全被剥离，视觉和听觉也模模糊糊快走远了。

禾仁康见丁兆冬不理他，也不气馁，倾身要去摸他的额头试探温度。

丁兆冬躲开他的手后，终于开口："不用你操心，有艾希在。"

像是作揖了半天后终于被主人搭理的小狗，禾仁康笑了："嗯，多亏有艾希。"

"你来干什么？"丁兆冬放下碗筷，眼神冷酷地盯着禾仁康，他的发问意味着我们终于进入正题了。

"我来找艾希的——"没想到禾仁康毫不避讳地接下了这个迎面球，他一脸无辜地看着丁兆冬补充道，"如果我知道你生病了，那我早就上来看你了，应该猜到的，好些天没见你出门。"见到丁兆冬眼里闪过一丝困惑，他继续把坑挖得更大："我在你楼下搭了帐篷，等了好多天，因为我不知道上哪里去找艾希。"

站在坑里的我快被埋到胸口了，我忙不迭给丁兆冬夹了一筷子腊味扁豆丝，胡言乱语地转移了话题："菜够吗？要不要我煎两个鸡蛋给你们吃？"

"好啊，兆冬哥很喜欢吃鸡蛋。"禾仁康并不觉得我的言行有多愚蠢，他对我肯定地点头，"我们刚跑到广东去打工的时候，穷得吃不起肉，他就骗我说鸡蛋比肉更有营养。"

"这是事实。"丁兆冬说完，吃掉了我给他夹的菜。

禾仁康指着丁兆冬对我说："最开始是他做饭，端出来的东西没有人敢认。"

“你也没少吃。”丁兆冬的语气里难得地透出一丝怀念往事的暖意，“那时候我还怕你长不高。”

“结果我也没长过你。”

“那你是没办法，我基因好。”丁兆冬笑了，“没看我爸比你爸高半头？你已经是基因突变了。”

禾仁康也笑了，在丁兆冬面前的他和在我面前的他不太一样，没有那么遗世独立，身上那股子化不开的忧郁气质也消散不少，天才的光环淡了，像个有家可回的调皮男孩儿。

“后来我实在忍不了就自己学着做饭了，没想到我挺有天赋的。”禾仁康问我，“艾希，好吃吗？”

“好吃。”我点点头，丁兆冬冷冷地扫了我一眼。

“每个吃过的人都说好吃，当时还有人说要给我开家饭店。”

我不想再惹来丁兆冬的怒火，所以尽量把话题与自己扯开关系：“那时候你们肯定认识了很多朋友。”

“很多，小青、红姨、关哥……”禾仁康突然兴奋起来，又抛物线般低落，“很多，每个人的名字我都记得——”

他现在的表情，让我胆寒，因为他打我的时候，面部就是这样轻微抽搐。

“尤其是贞荣。”禾仁康笑盈盈地望向丁兆冬，盖在刘海下的眉毛似乎不受控制地轻轻挑了两下，“多亏他，改变了我们的人生，对吗？哥。”

“开什么饭店——”丁兆冬很突兀地接了句没头没脑的话，“你的手是用来画画的。”他没有迎上禾仁康的视线，而是看了我一眼。

这一眼很明显地充满了对他们来说，我是个外人的意味。

我也不想过多深入他们的往事，冥冥之中，我感觉那是龙潭虎穴，有去无回，天然的自保本能叫我快打住，往回走，不要因为好奇而沿着他们的足迹去探寻，去找死。

“我给你们盛汤吧。”我边说着起身，却被禾仁康伸手拉住。

“我感觉好幸福。”禾仁康握着我的手，对丁兆冬说，“哥，我希望以后我们三个人也能这样一起吃饭，一起过日子。”

“好啊。”丁兆冬若无其事地继续吃饭，头也不抬地说，“只要我想抱她的时候，你别碍我的眼就行。”

“我喜欢艾希。”禾仁康说，“哥，我要娶她。”

面对这枚突兀爆炸的深海鱼雷，我肺里的氧气瞬间被抽干了，而丁兆冬却像是坐在钢铁碉堡里般，细嚼慢咽地吃完了，才放下筷子，冷哼：“别他 × 胡闹。”

“我是认真的。你和艾希，是我在世界上最爱的人。”禾仁康的眼睛亮晶晶的，天真得犹如在宣誓的小朋友，“等我和艾希结婚了，我们三个搬到一起住，一家人永远在一起，好不好？”

也许他是天生迟钝才无知无畏，竟意识不到铡刀已经贴上了我们的脖子——丁兆冬双手按在了桌面上——我知道那是猛兽要爆发前的克制动作。

“你告诉他——”丁兆冬大发慈悲地看着我，似要留给我们一条生路，“你是谁的女人？”

没等我说话，禾仁康抢先说：“她不爱你。”

我和丁兆冬同时看向他，我的表情是惊恐，他是震怒，而禾仁康还是那副高中生向女朋友的父亲认罪般的严肃表情：“哥，你不要生气，请你和艾希和平分手吧，她爱的是我。”

丁兆冬凶狠地瞪着禾仁康，强忍着没发作地长叹一口气，以关心的口吻问道："康儿，你是不是没按时吃药？"

禾仁康的呼吸突然急促起来。"你不是说过你欠我的，你会还我？"他的声线开始不稳，"我、我想要艾希——"

桌腿磨蹭地板的声音——

对丁兆冬的行为模式太熟悉，在他猛地起身前一秒，我就预料到了，条件反射地弹起来想伸手护住禾仁康，却因为桌子被挡住。

碗碟因为桌面倾斜而摔落在地板上发出刺耳响声——

丁兆冬没有动拳头，而是对禾仁康猛力一推又一拽，揪着他的领子，逼视着他的双眼道："我看你是犯病了。"

"你放开他——"我绕过桌子，冲向丁兆冬。

他背冲着我，不等我靠近就把禾仁康一甩手扔在了地上。

"你干什么！"我用尽全力给了丁兆冬的后背一巴掌，就像打在铜墙铁壁上，他纹丝不动，而被推倒在地上的禾仁康却几乎是半死的样子。

禾仁康慢吞吞地从地上爬起来，一时间两条细得仿佛从来不走路的腿止不住地发颤。"从小到大，我没求过你什么……"他身体本来就弱，这会儿说话声也气若游丝，"哥，你把艾希让给我……"

"是，所以你长大了，知道跟我抢东西了？"强壮的丁兆冬对待禾仁康的态度，完全是大人占着优势欺负孩子只为好玩，他一抬手又轻松地使得刚站稳的他摔在地上，"你看看你哪里像个大人？给我滚回去好好吃药。"

禾仁康再次站起来，又被丁兆冬抬起一脚踹到地上，禾仁康又试图爬起来的动作惹怒了丁兆冬，他一脚踢得比一脚用力，如此反复，我一直在试图拉开他，尖叫着："住手！你疯了吗？"

蜷缩在地上的禾仁康开始抽泣，像个无助的孤儿般自言自语："你说过的，你说你会对我好，明明我很听话，我什么都听你的……"

“不准哭！”丁兆冬怒不可遏地又踹一脚，“你这鬼样子，像什么话。”

纤瘦的禾仁康像一条吉娃娃般被踢出去直撞到了墙才停下来，他哭哭啼啼地用手支撑着地面想坐起来时，我看见他的手被地上的碎碟子割伤，流了满手的血。

我心疼得五脏六腑都碎了，气血上涌地咬了丁兆冬的手臂，当他吃疼得转过身来时，“去你 × 的，丁兆冬！”我不假思索地抡起胳膊给了他正面一大巴掌，“你伤了他的手！”

人不犯我，我不犯人，一定要有结果，我想要哪怕肮脏也必须鲜血淋漓的结果。

第三章
Chapter - 03

- 01 -

假如日光充满二十四小时，人们从来不需要入睡，这世上的大小战役肯定永远也不会休战，地球一定早就抛弃了我们这些好战的虱子。

人和人之间有那么多跨不过去的矛盾，真要感谢日夜更迭，替我们翻篇。

我是在浴室地板上醒来的，身上搭着一张绣着大写H的羊毛毯，应该是深夜时有人替我盖上的，所以这张毯子的出产地其实不是欧洲，而是丁兆冬所剩无多的良心。

昨晚可能是丁兆冬第一次挨女人的打，他一副难以置信的表情瞪着我，像是在看用电钻开瓶盖的猫，我也有些被吓到了，因为确实打得太使劲儿，那声音响得都足够使我鼓膜穿孔了。

“那个……”我小心地举起手来在他眼前晃了晃，也不知道是要测试他的视力还是智商，“你……还好吧？”

然后他用矫健的行动证明了自己的生理状况一切正常，我被他提起来夹在腋下，转瞬锁进了浴室里——这说明他的心智不正常了——我很担心他会打死禾仁康。

我拍门、号叫，以制造噪音的方式抗议，但是并没有持续太久，因为外面很安静，并没有响动显示有人动手打人，我贴着门想听清楚他们在说什么。

只有丁兆冬在说话，仿佛禾仁康不存在。

“你带药在身上了吗？”

短暂的沉默——

“过去的事情就过去了，都叫你忘了，别再提。”

丁兆冬似乎恢复了往常的冷静——

“那些钱，我老早就还给他了。我们已经不欠他的了。”

他语气里的怒意正在溶解——

“我送你回去，先找地方看一下你的手……”

一阵窸窸窣窣的收拾声、脚步声之后是关门声，终于万籁俱寂。

屋里就剩下我一个大活人与马桶相伴，焦虑地等着不知道几点才会回来的屋主，虽然没有钟表，但是我知道丁兆冬出去的时间足够开车来回京通高速至少三趟了，又或是杀个人抛个尸什么的也绰绰有余，最后我忧心忡忡地昏睡过去，做了一些破碎的梦，我的眼睛在看着禾仁康画画，身体却在和丁兆冬缠绵。

现在应该已经是正午了，顽固的橙黄色阳光挤过狭窄的窗缝，形成了一条金色脚链落在了我的小腿上。

我站起来，揉了揉浑身酸疼的关节，试着去推门，已经被打开了。

丁兆冬不在屋里，我环视一圈，应该一片狼藉的餐桌上什么也没有，日落日升之后，仿佛一切都没发生过。

- 02 -

后来禾仁康就没再找过我，而我也忍住了不去打探他的消息，这些天里，丁兆冬倒是召见过我两次，我们面对面坐在一张桌子上吃饭时，我必须一直往嘴里塞东西，才能憋住了不去问他，禾仁康是不是还活着？他还好吗？他的手没事儿吗？我一旦无所事事就会为他走神，像个信徒般进行漫长的殷切祷告，希望他按时吃饭，也希望他好好画画。

为了能够正常生活，我必须掐死这份多余的思念，只好靠鉴赏名为“南冰”的艺术品来转移注意力。

这女人此刻正坐在我对面吃着我妈做的打卤面，该红的唇鲜似血，该黑的发墨如炭，活脱儿一个平胸版的埃及艳后，岁月对别人来说是猪饲料，对她却是琼浆玉露，把她滋养得越来越美了。我真想打翻她眼前这碗面，艳后怎么可以吃面，还是茄丁肉丝的，太违和了。

“你盯着我干吗？”南冰注意到了我意味不明的火辣视线，“你要不饿，给我吃。”她拿筷子敲了敲我的西红柿鸡蛋打卤面，又指了指正在收银台收钱的我妈说：“滚去帮阿姨干活。”

这时有两个穿着军训迷彩服的小伙子走进店里，他们本来在看墙面上贴的菜单，还在犹豫要不要落座，眼神一瞟看到南冰，眼神痴痴地盯了半晌，旋即张着嘴在旁边桌子坐下了。

我扑哧笑出声，他们于是尴尬地转过脸去看菜单，如果南冰每天在店里坐上八个小时，那我妈这一年的盈利应该够开出十家连锁店。

“笑什么呢？”南冰吃掉最后一口茄子卤，很自然地拿走了我眼前这碗面。

“如果我每天对着你的脸开直播的话，是不是可以躺着挣钱？日入百万。”我打开手机，随手下了一个 APP 说，“现在特别流行直播，新闻上说随随便便一个月能挣五十万呢，我看了那些女主播的照片，论颜值，你能一个打十个。”

“什么行业都是金字塔结构。”她开始吃我的西红柿鸡蛋打卤面，“你以为是个写书的就是郭敬明啊？就算你长成章子怡的脸，也不见得有那个拿影后的命。”

“人总得有梦想嘛。”我的手指滑动着屏幕，飞速地滑过一张又一张流水线生产的整容脸，“活得太现实，岂不就是行尸走肉——”

她打断我：“梦想之所以叫梦想，不就是因为，做、梦。”

“欸？！”我突然惊呼，“这是蚊子吗？”觉得当着南冰喊这个昵称不太合适，于是郑重地看着她重新说了一次，“这不是许雯雯吗？”

南冰看着我举到她眼前的手机，屏幕上的封面是许雯雯做作的自拍，主播 ID 叫“一世安好许安吉”，她咽下嘴里的面条，伸手点进了直播间，马上传出了我们熟悉的发嗲声：“谢谢宝宝的樱花雨，但是人家想看海嘛，有没有哥哥带人家看海？”

这犹如火烤牛皮糖的拉丝腻音，真的超好笑！可是我要忍住，出于对南冰的忠诚，必须根据她的反应做出反应，她要是翻个白眼，我就开骂，她要是皱眉发火，我马上砸碎手机，结果她竟绷不住笑了，我立即得到大赦般痛快地陪着笑。

“我 ×，她搞什么！”南冰笑着凑近手机，读出屏幕上的滚屏文字，“安吉妹妹，加微信，哥哥送你法拉利——法拉利？”

“里面送的礼物都是要花钱的。”我给她解释，“比如法拉利，可能人民币要两百块吧。”

“可以啊，这就创业了。”南冰坏笑，“迫不及待要把整容的本钱挣回来是吧。”

我看她神色挺自然的，忍不住问：“你不生她的气了？”

“还气什么，她跟我已经没关系了。”她说。

这话说的，叫我忍不住心疼许雯雯一秒钟，原来她连仇人都算不上，已经是路人了，存在感沦落为中国人口总数之一。

“你们可以叫我安吉尔，Angel 知道吗？我的名字来源于天使。”许雯雯正在双手并拢卖弄着自己胸口的隆起，“人家马上就要满 20 岁了。”

许雯雯的脸应该又动过了，她现在像极了一个全名为“名字就在嘴边却怎么也想不起来”的韩国女明星，随着她每一次抛媚眼、嘟嘴唇，满屏的礼物一闪一闪，眼花缭乱得堪比演唱会的荧光棒与灯牌。

我顶着“游客 23578”的 ID，手指按着屏幕的输入框说：“我来说点儿什么吧？”

“行啊。”南冰窃笑，“问她改身份证上的年龄了没有？”

“你以前不是叫许雯雯吗？”我一个字一个字地打，还没打完呢，屏幕上突然有人抢先说出来了：“你不是许雯雯吗？”

下一句是——

“你现在不坐台了吗？”

紧接着——

“看你穿着衣服，差点没认出来。”

在更多污言秽语突然涌现之后，许雯雯突兀地结束了直播。

屏幕上自动切换到了下一个直播画面，是个裸着上半身的小受在责怪哥哥们没有把他顶到主播排行榜上去。

我和南冰四目相对，千言万语通过眼神交流完了以后，她若无其事地低头吃面，我继续百无聊赖地玩着手机。

妈妈端着两碗面过来给旁边桌的客人，我随口问她：“妈，你男朋友呢？”

“回廊坊探亲去了。”她双手在围裙上擦了擦，转过身来对我说，“你最近有没有去看你爸？”

“干什么？”我反问。

妈妈看了一眼两个埋首吃面，时不时偷瞄南冰的大一新生，我立即猜到她想艾铭臣了。

“你应该关心一下你弟弟，高考不是结束了吗？也不知道他去哪所大学，以前也没听他提过想读什么专业。”她见我露出抵触的情绪，脸上立即露出哄小孩的笑容，轻轻刮了一下我的鼻子说，“瞧瞧，你好歹是他姐姐。”

我没好气地说：“他哪里有什么想读的专业，他连自己想做一个什么样的人都不知道。”

说这话也没冤枉他，艾铭臣从小就爱跟着我有样学样，我画画，他也画，我练毛笔，他也练，只是每次都不持久，而爸爸又特别看重他，总是像煞有介事地送他去这个天才班那个兴趣组，家里逐渐堆起了小号、球拍、柔道服和围棋，最后皆以投资失败告终。

那时候他还小，对爸爸的安排总是一脸懵懂地言听计从，后来到了青春期开始逆反，无论是谁的话都不听，终于释放自我，彻底做自己了。而他的天性就是老实、没主见，倒是不会学坏去外边瞎混，就是每天随便应付一下学业，腾出来的时间都在打网游，从一个对未来没有啥憧憬的小男孩儿，活成了一个对这社会来说不多不少的大男孩儿。

“你们小时候感情那么好，分都分不开，他找不着你就要哭……”妈妈叹口气又重复了一遍，“你好歹是他姐姐。”

- 03 -

艾铭臣的手机号码停机了，这使得妈妈更加挂念这个没出息的儿子，我看着她欲言又止的样子，只好自告奋勇要去探望爸爸，毕竟她不可能去。

我和南冰在路上进了一家卖水果的铺子，她担心我进了那个家门就出不来，于是主动作陪。

挑水果时，南冰全程指手画脚，“别啊，这樱桃八十一斤。”她拍开我的手，“那老家伙也配？紧着便宜的拿。”说完，她拿起一挂香蕉给我。

她比我还要痛恨艾曲生，而我是个好了伤疤忘了疼的人，俗称贱骨头。

贱骨头病晚期的我提着一袋子水果，心中悲凉翻涌，明明是回自己的家，却自动自觉把自己摆到了客人的位置。

“嗷哧！”突然被南冰拍了一下肩膀，我夸张地尖叫，“我胳膊断啦！”

“碰瓷是吧？”她伸长手搂着我的脖子，“我可以对你负责。”

“你手痒别打我。”我冲街上的行人努努嘴，“去找个肉厚的，有手感的。”

“我一看你那挤眉弄眼的德行样儿，就知道你又开始想些有的没的，要唱一首《葬花吟》了。”——她不解释我也知道她在担心我——

“就你独特，关心人的方式是动手。”我笑，“别人都是么么哒。”

“行吧，既然你提出了要求，那，么一个。”

“别，别！你唇膏——”

她凑上来，我拼命躲，两个人闹了半条街。

偶尔路过一些招租的店铺，南冰会停下来看看周边的人流量，记一下店主的电话，因为有李鸽愿意出资，她最近开始留心咖啡馆的选址，可以说她已经行驶在人生的正轨上，而我还没找着进站口，每天浑浑噩噩，活得像是个深度梦游症患者。

李鸽的外形属于只要是个眼睛不瞎的年轻人看她一眼，就心知肚明“这儿有个 T”的那种，我最初以为她是看上南冰了，几次相处下来，我发现她对南冰的态度是惺惺相惜，可以说她敬佩她是条汉子，两个人的友情犹如上下铺睡过的兄弟。

最近南冰提到李鸽的频率太高了，因为许雯雯和向海的名字已经从她的词典库中消失，所以衬得这个新朋友仿佛已经夹在我俩之间有百八年，我止不住地一坛坛吃醋，再像个男的，李鸽也不是男的，我能笑看南冰换八百个男朋友，却希望她只有我这一个女朋友。

以后南冰肯定会认识更多的朋友，她太好了，藏不住，我真的很怕自己会从她生命中淡出，她可以没有我，可是我却不能没有她。

“我陪你上去吧。”来到艾曲生家楼下，南冰搂了搂我的肩膀，“万一他要打人，也是二比一。”

“唉，我真想嫁给你。”我圈紧了她的腰，太细了，我可以突破人体极限再绕一圈。

她笑：“行啊，现在开始存钱，四十岁的时候去冰岛结婚。”

——也不是非要结婚。我在想——凭什么搞对象就可以领个证说俩人矢志不渝，最好的朋友也应该有对戒，由国家见证我俩是Best Friend Forever，谁妄图插进来就是人人喊打的第三者。

- 04 -

在进门之前，我确实听见里面传来清晰的疑问声——“臣臣？”——这使得我转动钥匙的手腕动作停了半秒才继续，推开门就看到了艾曲生迎面而来的脸，从欣喜到惊讶，而后失落的表情，全在一瞬间。

他老了许多，以前有我和妈妈在家时，有人给他洗衣做饭，并承受他无边无际又无缘无故的怒火，所以总是紧皱眉头的他也能活得生机勃勃，如今他只能不断内耗，整个人的水分都给蒸发干了，皱成了一具行走的千年古木。

前一秒我还在可怜他，下一秒他开口就是：“你来干什么？”

于是所有他如何嫌弃我的回忆立刻历历在目，我冷笑：“这是我家，不能来吗？”

“你还当这儿是你家？”他立即脖子粗了，“就是被你搞垮的——”

“叔叔。”南冰换上了一脸“见长辈”的标准笑容，替我们这对剑拔弩张的父女圆场，“我们刚好路过，艾希想来看看你。”

碍于外人在场，艾曲生收敛了一些，他是熟悉南冰的，看着她从小到大作为我最好的朋友出入过家里，但他卖的并不是我与她多年情谊的面子，而是因为南冰家境好，他是个不愿意在“好人家”面前失态的人。

自尊心强的艾曲生很怕被人看低，他不想别人认为他的孩子是“没吃过”“没见过”，所以把我和艾铭臣管得很有家教，在熊孩子四处上别人家摧毁彩妆和手办时，我和弟弟是那种即使口渴也不会吱声的孩子，更不会伸手去接别人递的食物。

“小冰来了。”艾曲生看向南冰，以故作亲切的口吻打了一个长辈架子十足的招呼，“很久没见了，你长大不少啊。”

南冰在身后撞了一下我的胳膊肘，示意我把水果递出去。

“你们吃过饭了吗？”艾曲生没有伸手接我的袋子，边转身朝餐桌走过去边头也不回地对我说，“你去把水果洗了，给小冰吃。”

“已经吃过了。”南冰笑盈盈地接话，然后在客厅的沙发坐下，将电视机的音量调高了两格，摆出不再干涉我家事的姿态。

我提着水果去厨房，经过餐厅时瞥了一眼艾曲生的晚饭，一碟生黄瓜蘸酱，一碟花生米，主食是一碗素面。

“你就吃这个啊？”我打开塑料袋，把葡萄放进洗菜篓里。

“懒得张罗，随便吃点儿。”他吸溜一口面。

“哦。”我低头开始洗葡萄，厨房和餐厅其实就是一间房中间加个隔断，我隔着窗框能听见只有一个人在吸溜面条的声音，有种说不上来的凄凉感，我没有抬头，忍不住说，“要不我给你炒两个热菜？”

“麻烦，我这都快吃完了。”

“多淡啊。”

“冰箱里还有些咸菜，不想吃咸了，容易高血压。”

我不再说话，只剩下哗啦啦的冲水声格挡在我们之间。

“那你吃些葡萄吧，无籽的。”我把盛在碗里的葡萄放在艾曲生的眼前，在他对面坐下，开始给手里的苹果削皮，“香蕉和苹果放那个蓝架子上了，还有一盒蓝莓容易坏，趁早吃，不吃记得放冰箱。”

“你拿给小冰吃——”艾曲生说罢，转身冲客厅里喊，“小冰，茶几上的点心盒里有红枣。”

“叔叔，我这会儿还撑着。”南冰的声音传过来，“等会儿要吃什么我自己拿。”

我把削好的苹果递给艾曲生，他拿过去咬了一口，不满意地摇头道：“现在这些催熟的啊光有个苹果样子，不脆，不甜，没滋味，人心不古哪。”他又吃了一口问：“多少钱一斤了？”

“艾铭臣人呢？”我装模作样地看一眼大门，然后直奔主题地发问，“还不回来？都这个点儿了。”

“他不在了。”

“啊？”我吓一跳，因为艾曲生这语气挺不吉利的，但是我又反应过来他一直这样，能把小事化大，喜事化悲，我耐心地等着他的下一句。

“——他没有参加高考。”

- 05 -

在距离高考还有不到三天的时候，艾铭臣突然向艾曲生坦白，他决定不参加高考，他要和玩得好的同学去深圳学计算机——我以为是什么大专——还感叹他挺有自知之明，毕竟以他的成绩也上不了二本，学点儿实在的更好，不过计算机专业还有些浮夸，学学炒菜或是开挖掘机才更实用，结果以艾曲生的形容来判断，那不过就是一个圈钱培训班。

“知难而退”就是座右铭的艾铭臣会临阵逃脱并不出人意料，我更奇怪艾曲生竟然——“你就让他去了？”——怎么可能？就差没把“望子成龙”刻在后背上的爸爸竟然会同意儿子放弃高考，真的只能用中邪了来解释。

“儿子长大了有自己的主意了，我能怎么办？！”艾曲生把苹果核扔在碗里，一双手掌蹭了蹭，和我认真理论起来，“我给他动之以情，晓之以理，就差没下跪了，他偏不听，还闹离家出走，我总不能因为一场考试就不要儿子了吧？儿子没了妈，这家就剩我一个管事儿的，总不能赔了夫人又折兵。”

“那能叫‘一场考试’吗？又不是什么期中、模拟，那是高考。”我突然火大了，前尘破事儿一股脑直冲我天灵盖，“你就这么随他去了，那我呢？我拼死拼活考上的大学，你说退就给退了，你还记得当时逼我退学是为了什么吗？你说你要给艾铭臣存该死的大学学费！”

艾曲生一愣，突然急赤白脸地拍起了桌子，却又因为有南冰在场，而压低了声音吼：“一码归一码，能放一起说吗？我当时知道臣臣不想读大学吗？我一个教书的又不是算命的，我不是连你妈在外偷人也不知道吗？”

“你这话的意思是我活该咯？”我冷笑，能感觉到自己从脖子到耳根在发烫。

“不然你想怎么样？叫我赔偿你？告诉你，我不欠你的，我能把你好端端养大了你就得感谢我了。”前一刻还在恼羞成怒的艾曲生，这一刻似乎为自己找着理了，竟然有些得意起来，“知道现在农村里还有多少人生下女儿就送人吗？那还算好的，有的根本活不下来。”

“你就晓得跟那些不是人的东西比较，拉低了自己的水准还嘚瑟起来了，我和艾铭臣身上流的都是你的血，到底有哪儿不一样了？我是缺胳膊少腿了？给你丢脸了？”我声线在颤抖，“从小到大，我不断往家里拿奖状，你也不多看我一眼，艾铭臣打球打到骨折，你都能夸他一句勇敢。我可是考上了美院！他有什么作为？凭什么他对你来说就那么不一样？”

“因为他是我们艾家的香火！他当然跟你不一样，你是个女的。”艾曲生又开始拿手指戳空气了，好像每戳一下，就消灭了一个看不见的敌人，“男的成熟得晚，都是后起之秀，你怎么就断定他将来不如你？你弟弟现在有想法了有规划了，就你们鼠目寸光的女人把毕业证书看得那么重，男人都是要干大事业的！”

是个明事理的人就不可能说得过他，因为艾曲生使用的是自己的那套逻辑，你跟他讲理，他跟你绕，你不讲理，他就要胡搅蛮缠，他给自己设了一个法庭做自己的法官，永远占理，完美闭环，气不死你。

其实艾曲生说的每一句话都在我意料之中，时间从来不会将一个人打磨成另一个样子，一个苹果老了也不过是皱巴巴的老苹果，不可能变成橘子。

我早已经不是那个孤立无援的艾希了，所以面对这个从来不爱我的爸爸既不是很生气，也不是很伤心，可我依旧会控制不住地眼泛泪光，违背我意志的眼泪叫我很为难，比起对手的嘲讽更叫我感到挫败，所以赶在它落下来之前，我转身走进客厅，拉着正磨刀霍霍要杀过来的南冰朝大门走过去。

“等一下！”艾曲生叫住我，他的脸皱成一团，嘴巴顽固地噘着，看起来有些想要挽留我却又充满怨恨的样子，他几经权衡后似乎做出了最大的妥协，他双手捏紧了膝盖，对我摆出父亲的姿态来说，“那你给我烧两个菜。”

他身上的衬衣皱巴巴的，应该是洗过之后没有熨，他的裤脚也有些磨得翻毛了，他还是像以前一样爱干净，但是这屋里的一切就是起了微妙的变化，空气中飘荡着淡淡的独居老人气息，那是孤寂等死的腐朽气味，他还是个中年人，这是不应该的。

我看着艾曲生的脸，他又露出了那种鄙夷我又敷衍我的假笑，恐怕这个人终其一生也想不明白，我和妈妈为什么要离开他。

有些人，活成这样真是活该。

“你指望艾铭臣吧，毕竟儿子才是你的香火，我什么都不是。”

我说完，甩上门。

- 06 -

回到家后——虽然是出租房，但是因为有南冰在——即使没有她在，只要没有压迫我的人在，就是个能让我自由喘气儿的地儿，就是我的家，我就是这么个随遇而安的人，我打开 QQ 敲艾铭臣。

“究竟是哪个不开眼的东西规定生儿子才是传香火？儿子又没子宫，指不定娶个老婆生的是隔壁老王的种，哪像女儿长大了以后生的孩子百分百是自己的，百分百家族的延续有没有？”南冰还在为我打抱不平，“话说回来，这么怕绝后，是有王位要继承呢？那男人也不如女人待机时间长哪，你看人家英国女王都快活成宇宙之谜了。”

艾铭臣没有回应，手机响了，是陌生电话，我从来不接，这方面太有经验了，十之八九是保险，偶尔是彩铃业务，间或夹两条“那谁啊明天到领导办公室来一下”的智商诈骗。再说了，当代年轻人基本不靠打电话联系了，微信上边有话说话，闲聊“在吗？”，大家都不耽误。

“哎，你最近都忙什么呢？”南冰一边涂乳液，一边用脚尖扒拉坐在沙发上的我，“要不要待会儿一起去吃点儿夜宵？”

“你不是已经吃过了两碗面？一定是我的幻觉。”我尽量跟上她的节奏同时回答两个问题，“就还忙那些，给杂志配图什么的，最近稿费涨到六百一张了，我距离在六环买扇门的梦想又近了一步。”

“年轻人嘛，新陈代谢比较快。”南冰往卧室走去，边自顾自地说，“等我换件衣服。你啊还是应该出一本自己的书，画一辈子插画你也只能算个‘画手’，混不上‘艾老师’的尊称。”

“哎，我没答应你要出去吃夜宵啊——”我冲屋里喊，同时也想起来自己的第一本书快出版了，就是和赵碧琪签约的《云踪瑰迹》，我打开 QQ 想问一下她进度，这时艾铭臣出现了。

和自己的弟弟也犯不着寒暄了，但我也不想好不容易见到这条鱼探出个头就龇牙把他吓跑，于是把“为什么不参加高考？”的问题用极为委婉的方式提出来：“听说你现在在深圳呢，都干吗呢？”

“上课啊。”他打马虎眼。

“哦，哪所大学啊？”我追问。

对话框上显示了许久的“对方正在输入后……”他才说：“计算机培训学校，每周一、三、五上课。”

“挺好的，早点学成出来上班也不错，条条大路通罗马。”

看到我是鼓励的态度，他终于不设防地滔滔不绝起来：“对，我不觉得四年时间用来读大学是必要的，早一些出来见识社会，其实等于我比同一条跑道上的人要快了四年。”

“是啊，读大学不也就是为了找份好工作，最终目的还是为了挣钱嘛，早点儿挣也好。”我随口哄了几句，说真的我犯不着管他死活，他爱怎么作怎么作，冲他给过我的那一巴掌——就是他溺水了，我也得等个三五分钟才会扔个游泳圈下去。

“走啊？”南冰坐到我身边，“姐请你撸串。”

我把手机屏幕递她眼前说：“跟未来的马云聊天呢。”

南冰凑近看，艾铭臣还在尽情抒发“读书无用论”，她笑了：“一看就是眼界窄才说得出口的话，毕竟还是读书少。”然后又揉了揉我的头说：“我家艾希变坏了。”

“不然呢？忠言逆耳，我懒得劝，工地多一个精壮小伙儿，我省去了一个仇人，皆大欢喜。”我准备再聊两句就结束对话，“深圳还不错吗？”

“空气比北京湿多了，有很多好玩儿的地方，如果你来，我可以带你去看看，这边卖裙子和包的店很多，给你看看我买的鞋子和牛仔裤。”他说完，屏幕上显示正在加载图片——

一张标准直男的自拍，正面全身照，双手插在兜里，正儿八经地板着一张脸，当然也没有任何滤镜——他剪了头发，是那种时髦的两侧剃掉中间抓起来的发型，脸还是那张消瘦的脸，可能因为没有刘海遮挡，不再显得阴云密布了。

看来艾铭臣对新环境非常满意，拉起家常来竟然比当着我一整天的面说得还要多，其实他也算是被艾曲生祸害了，要是换个别的爸爸，估计他现在也是一个阳光开朗的普通大男孩儿，指不定正在哪儿上着大学，开始策划找个女朋友了。

“欸？”我注意到他穿的牌子是一个小众轻奢牌，“爸爸给了你多少生活费？”

他回以一个：“？”

“你这裤子和鞋子都是名牌，不少钱，你该不会把生活费都花了？”对面没有回应，连“对方正在输入”的提示也没有，我继续打字，“你长大了，又离家在外面一个人过，自己要学会管钱，你这样没有节制地花，万一爸爸拿不出钱了，受苦的还不是你？”

他终于有了反应“你别管我，又不是你的钱，你凭什么教训起我来了，我又不是天天买，妈妈也不管我了，轮得到你吗？我自己有数！”

“我当然不管你，你有钱你随便花，钱你反正找谁要都行，别找我——”我接着输入“——也别找妈……”但是立刻删除了，我不想提醒他还能从谁那儿弄钱。

艾铭臣没有再回应，QQ 的头像灰了。

刚想放下手机，屏幕又显示正在接收一条彩信，来自那个被我拒绝的电话号码，是一幅画——画上是我创作的空心怪兽，它坐在荆棘丛里——只可能是禾仁康画的，接着第二幅画也出现了，空心怪兽被蠕动的荆棘伤害，身上流的血在空空的心房里形成了一颗心脏。

在最后一幅里，它把心掏出来捧在手里，递给我。

我是换过男朋友，但爱就是爱，不爱就是不爱，我不欺骗任何人，也不耽误谁。钱到我这儿，有借就有还，爱到我这儿，不该是我的我绝对不会要。

第四章
Chapter - 04

- 01 -

爱应该是一捧玫瑰，专情的人怀里可能有三五枝甚至只有一枝，而多情的人可能有十二枝甚至一百枝，我们捧花前行，遇到一个真心爱人，犹疑又吝啬的话便给出一枝，太喜欢了便多给几枝，也有人一整捧都迫不及待地递出去。

不是每个人都是幸运儿，第一个爱的人不见得都那么真心实意，风吹雨淋之后，他便被褪了色的心带去了远方。这时候，我们只能继续往前走，捧着怀里剩下的玫瑰，去遇到第二个人，一个又一个，直到不再有玫瑰，或许我们也曾有机会遇见一个真命天子，只可惜我们已经耗尽了所有。

错过了禾仁康，我怀里大约不会再有玫瑰了。

南冰劝我离禾仁康远一些，她不是讨厌他，只是害怕他，我明白她的意思，因为我有一种天然的本能，类似小动物的自保机制：趋利避害，我当然知道禾仁康是危险的，可人类总是沉溺于坏东西，像是咖啡、香烟和酒精，除了愉悦，什么也给不了，可我们偏偏想要那片刻的放纵。

第一眼见到禾仁康，我就觉得他会是一个将周遭一切搅碎的旋涡，危险的东西总是最绚烂迷人眼。

“我觉得死神如果是个人，应该就长他那样儿。”南冰剥开一只小龙虾，举着粉色的虾肉球在我眼前晃了晃，“你和他挨得太近，只会被种下不幸的种子，绝对没有好果子吃。”

我伸长脖子要咬她手里的小龙虾，被她躲开。我撇嘴说：“我又不是白痴，如果只是看看，山崩海啸也很美，靠得太近是会死的。”

“得了吧，刚才是谁丢了魂似的抱着手机？”南冰吃掉手里的虾肉，舔了一下大拇指说，“那小子是施了什么法，千里夺魂啊。”

我挣扎了一会儿才终于忍住不去回应禾仁康，但还是把那三幅画收藏了，那么灵动又充满悲恸，这可是禾仁康的画啊——没有爱上就好了——只要保持距离，我还是那个坐在路边抚摸复制画的学生，可以全心全意地迷恋他很久。

“哎！又走神了。”南冰抓着一只虾钳子在我眼前抖。

“为了让你多吃些啊。”我敲了敲只剩下小半盆的虾。

她笑，转身冲老板喊：“再加两斤小龙虾！”

包里的手机又在振动，我知道是谁，因为我还是没忍下心屏蔽他。

既然我选了丁兆冬，即使心里还残留着玫瑰，我也不会再左摇右摆了，那朵玫瑰会好好藏着，好好养着，毕竟是最后一朵了，我不如留给自己。

- 02 -

在与丁兆冬的博弈之间，我一直当自己是处于被动又弱势的那一个，直到现在我才意识到，其实主动方是我，因为每一次去找丁兆冬，我都是有求于他，觍着脸装大个儿，要钱，又要权，仿佛他欠我的。

“你能帮我‘弄’一个人吗？”我骑在他身上，搂着他的脖子请求，“是一个编辑。”

他舔我的脖子，问：“哪个出版社的？”

“跨时空出版社，赵碧琪。”我在喘息间，一字一句，轻描淡写，“不管你用什么手段，我想叫她失业，最好能叫她在北京找不到文编的工作。”

“好。”他毫不迟疑。

“你不问我原因吗？”

“你想说就说。”

赵碧琪这个婊子“偷”走了我的书。

- 03 -

《云踪瑰迹》的上市时间，我是一直掐着表在等的，终于到了约定的出版日后，我就三天两头地追问赵碧琪：“什么时候可以收到样书？”而她总是以“出版日期延后，暂时还未上市”来对付我。

“这是图书出版的常态，你要习惯。”她不耐烦地劝我消停会儿，“而且稿费不是已经提前给你了吗？还有什么好闹的。”

稿费是八千块，赵碧琪用私人账户转给我的，到账七千九百块，她说有一百块是手续费——这是否合乎行规——我不清楚也不在意，我迫不及待地想摸到我的处女作，然后在给所有杂志供稿的个人介绍下面补上“已出版作品有——”。

一旦经过王府井书店时，我就会进去用里面的电脑系统查一下自己的名字，今天也是抱着一无所获的觉悟顺便来看看的，果然没有，不死心的我转了一圈绘本区和漫画区，还是没有，于是踏实去看国外进口的绘画技法书，临到要离开时，我经过了女性读物区，一眼瞥见了书架上一本书的书脊清清楚楚写着“云踪瑰迹”，来不及仔细确认，我的心脏立即躁动了起来，恍如梦境——

犹如梦想成真——

不——

噩梦——

在抽出书来看到作者名字黑体加粗写着“赵碧琪”时，我的心脏如遭冰封，沉甸甸下坠，在冰层下被海妖的三叉戟戳成泡沫——

是噩梦啊——

我想醒过来，可是我的四肢都像是被这本咧嘴狂笑的书肢解了，我一动不动地站了好久，最后买下了这本书。

在回去的路上，我不断地抚摸书皮，抚摸那三个字的压痕，翻看里面一幅又一幅耗尽我日日夜夜的画面，确认这不是梦，这是真实的，我重要的东西被偷走了。第三十九页画面的右上角，还有我在叶脉上藏的 NB 两个英文字母，是我想在给南冰看这本书时叫她自己找出来的惊喜，可是这一切都被偷走了。

- 04 -

我赌上全部发誓，绝对不会再向任何人示弱了，可还是一路哭着回家，在楼梯间边号边爬，也不算输，毕竟没人看见，我真的改不了这个已到晚期的矫情病，也许哪天要杀人也是边哭边捅刀子，直哭到成为一个双目失明的传说杀手。

进了门没看见南冰，也好，一看见她的脸，别说长城了，一百个孟姜女，我都能哭到她跳楼，况且我也不想让她知道，当初是我瞒着她和赵碧琪签的出版合同，虽然她一定会替我出头，但是我这一失足也够她骂我半辈子了。

洗了把脸，喝了一整瓶从冰箱里拿出来的矿泉水，花了十分钟冷静下来，我拨打赵碧琪的电话，并打开了录音功能，这件事情我要尽快解决，必须解决，我要一个结果，我不想永远都跨不过去这道坎。

“喂？”赵碧琪一接听就主动抢话，“艾老师，你不要再问了，有消息我会主动告诉你的。”态度还是那种叫人窝火的敷衍，而现在听来，我也终于明白，赵碧琪的语气里为何总是透着一丝丝拿我当傻 × 应付的自作聪明。

我控制着自己杀意漫延的笑意道：“赵碧琪，我买到《云踪瑰迹》了。”

对面的呼吸声一刹那消失，再发出声音时明显变得精神而刻薄：“那不是挺好吗？终于出来了。”

想杀了她——“为什么作者署名是你？”

“没有问题啊。”赵碧琪笑了，“你可以看看合同。”

“哦？你解释看看。”——想毁掉这个贱人的生活。

“是你签过字确认的。”她按捺不住阴森森地诡笑起来，“你告我啊！你去告我啊！你有本事上法院去告我啊！”

魔音灌脑，我按掉了电话，只要再多听一秒钟，我就要变成凶杀案的被告方。

翻出合同来，不用再看也清楚地记得自己读过的每一条条款，甲方是赵碧琪，乙方是我，题头是“版权转让合同”，我曾就其中的“版权转让予赵碧琪”一条问过她，当时被以出版人自居的她一本正经地糊弄过去了，现在我终于知道自己是一棵被剁碎了还以为猪不吃素的傻大白菜。

人不犯我，我不犯人，一定要有结果，我想要哪怕肮脏也必须鲜血淋漓的结果。

我把合同和书收起来，立刻出门去找丁兆冬，在去的路上，我还精挑细选地买好了做饭的材料，像是个提着一篮鸡蛋就要求高手替我报杀父之仇的村姑，要下跪磕头求他出手也可以，我不介意为了尊严出卖尊严，反正在丁兆冬面前，我就是一无所有的无赖。

- 05 -

丁兆冬一拉开门看到我，脸上立即露出了了然于胸的表情，面对我的主动索吻时如同一个面对供奉的皇帝，高傲而慵懒地接受，我拼了老命地献殷勤才终于调动了他的情绪，被他一把抱起来走向沙发。

这是我第一次“吹枕边风”，也不知道把握的时机对不对，没想到一提出来，他就不假思索地接受了。

亲热过后，他就那么敞着衬衫坐在沙发里翻看我的合同，像个光芒万丈的青天大老爷，裸露的大胸肌充满了正气的荷尔蒙。

“交给我处理。”他把合同放到一边，挑起我的下巴故作邪恶地一笑，“你想要什么结果？”

“伟大的神灯啊。”我双手合十，虔诚地看着他祈祷，“我希望这个婊子得到最坏的结果。”

他刮了一下我的下巴说：“你变坏了。”然后翻了翻《云踪瑰迹》：“原始稿件都还在吗？”

“在的在的！”我小鸡啄米般点头。

“那你会得到你想要的结果。”他合上书，举起书来拍了拍我的头，“画得挺好，一开始就交给我来出，你也不用向我卖身求荣了。”

“我就是不想靠你——”

他打断我：“那你现在也可以不靠我。”

我立即搓着手赔笑：“大爷……”

“爷要吃肉。”

“有有有。”我站起来奔向厨房。

丁兆冬拉住我的手腕，站起来说：“今晚出去吃，想和你走走。”

- 06 -

电梯一路高升时，我就知道丁兆冬指的“出去吃”不会仅仅是一碗炸酱面，但是我也没想到一顿突发奇想的“下馆子”需要这么大的排场——旋转餐厅——如果换个人带我来，就得做好被求婚的心理准备了，还好他是丁大爷，下回直接带我飞巴黎喂鸽子也不奇怪。

穿过透明的门廊，典雅贵气的装潢并没有让我胆怯，因为今天为了讨好丁兆冬，从头到脚穿了一身他送的名牌，价码绝对足够与当前的环境抗衡，经过镜面时，里面倒映出来的美人像更是叫我自信爆棚，不过昂首挺胸没两步，我的气场就垮了，因为正前方站着的江子芸正虎视眈眈地瞪着我，她背在身后的双手似乎马上要亮出两把四十米的长刀把我切了。

丁兆冬面露疑惑，因为他只是交代她为我们预订餐桌，一个电话就搞定的事儿并不需要到场。

当我与她擦身而过时，她才道出了面露杀气的缘由："艾希，你跟禾仁康是怎么回事儿？"不等我反应，江子芸持续开火："康儿说你是他女朋友，他求我劝你和丁总分手，你挺有手腕啊，装得一脸好傻好天真，脚踏两条船也玩得这么溜。"

丁兆冬回过身，把我拦在身后对她道："这不是你该插手的事情。"

"你还拿她当个宝！"江子芸难得会冲丁兆冬大小声起来，"你们兄弟俩怎么回事儿？被这个画皮妖精迷得六亲不认，窝里斗！"

领位台的服务生不知所措地看着我们，路过的顾客也忍不住驻足看热闹，连餐厅里的人也抻长了脖子张望，丁兆冬已经有些恼火了，她依旧不管不顾地伸手把我从他身后拽出来，用长指甲掐着我的胳膊尖叫："说！你是下蛊还是养小鬼了？你算什么东西？你装纯讨丁总欢心还不够，你还招惹我们家什么也不懂的康儿，你骗丁总的钱嫌不够，你现在连那傻孩子的感情也骗！你要不要脸，有没有心啊？！"

丁兆冬把我从江子芸手里又搂了回去，以足以冰封熔岩的低嗓音说："够了。"

江子芸不甘心地以眼神飞了我无数把刀子之后，才愤愤不平地转身离去。

她倒好，这么一走光留下我尴尬了，周围人怎么看我？都是妈妈辛苦怀胎生下来的人，我自己挣我的一天三顿饭，清清白白过日子，凭什么被她以高人一等的姿态扇巴掌?

我冲上去，拽得她一个原地旋转与我面对面：“我是什么东西？我和你一样，是个人。我有梦想，有工作，我会迷茫，也会失眠，我是喜欢钱，也没偷没抢没上谁家杀人放火！我是换过男朋友，但爱就是爱，不爱就是不爱，我不欺骗任何人，也不耽误谁。钱到我这儿，有借就有还，爱到我这儿，不该是我的我绝对不会要。”

江子芸从来没见过我炮语连珠地发火，所以像是在看疯猴子似的有些怔怔地望着我。

“我和禾仁康是你情我愿，和你家丁总也是公平交易！谁的人生谁负责，当事人都没找上我理论，轮不上你来做法官。我从来没有对你指手画脚，就请你不要来批判我的生活方式，大家都一样，挨不住饿，扛不住老，谁也不比谁圣洁。”从来没在嘴炮中碾压过对手的我，仿佛半个南冰附体般如有神助，不过临到收尾时却一个嘴滑显出了原形，“如果非要说我们之间有什么区别——”我顿了半秒想不出答案，情急之中一甩长发，“我比你漂亮。”

“哈。”丁兆冬在我身后憋不住，笑了一声。

- 07 -

吃的是冰凉的日料，可是我在用餐过程中一直比较燥热，因为刚才的闹剧让周围食客的视线不断扫过来，似乎在拿我下饭。

丁兆冬饶有兴味地看着我问：“不合口味？”

“还好，只是我更爱吃热的食物。”我夹起鲜红得犹如玩具的北极贝寿司，还没来得及咽下去就惊艳地一手捂着嘴，推翻了上一秒的自己道，“真好吃！”

“也还好。”丁兆冬不以为意，“等我带你去东京吃过银座一家师傅的手艺，那才叫好吃。你有护照吗？”

“早办了，以前我和南冰还有许雯雯老计划着要去泰国，但是一直没去。”我耸耸肩，“我们有的是时间，就是没钱。”

“你把护照拿过来，可以弄个申根，等我腾出时间带你去欧洲——”

“喂鸽子吗？”我打断。

“为什么要喂鸽子？”他奇怪地问，日理万机的丁总听不懂这条网络老梗也算合情合理。

“你没听说过‘梁朝伟飞去巴黎喂鸽子’的段子吗？”我觉得他正经发问的样子有些可爱，笑着逗他说，“算了，我们年轻人的笑点，你们这些时代的前浪get不到的。”

“我又不老。”丁兆冬说，“我和康儿一样大。”

用餐过程才刚刚开始变得愉快，马上就画风骤变了，我只觉得嘴里的每一粒米都好凝重。

“他有躁郁症。”他继续说。

我无言地瞪大眼睛，虽然不了解这个病，但我知道其严重性。

“这和他当初在广东的经历有关——”丁兆冬垂下眼帘，他从来没有在与我面对面时撇开过眼神，“说实话，我确实欠他的，我能有今天这一切，是他带给我的。”他依旧没有抬起眼睛看我，在昏暗朦胧的灯光下，半张脸被睫毛阴影覆盖的他像是在向神父忏悔的罪人，平静地阐述着自己曾经的罪行。“他很讨人喜欢，所以我叫他去陪一些能帮助我们创业的人，他不喜欢做那些事情，但是他为了我们能活下去——”他停下来，换了一口气后继续说，“我不找借口——他是为了我，去做那些违心的事情，是我毁了他。”

- 08 -

走出餐厅后，丁兆冬想和我一起走走，于是让陈叔先开车去两站地外等他电话。

这是我第一次和丁兆冬沿街漫步，相对无言又肢体松懈，比起情侣更像是已经知己知彼的老夫老妻。

我看着他心事重重的侧脸像极了一头头戴皇冠的雄狮，夜色加深了颧骨的凹陷，使他看起来久经战役，疲惫不堪。

按理我应该恨他的，因为我深爱着禾仁康，可是我又于心不忍，因为这头狮子竟然向我示弱，他横行霸道，疑神疑鬼，却在我面前愁容满面，毫无防备。

“我希望你不要再和他见面。”丁兆冬说，“以他现在的状态是不适合谈恋爱的，尤其不适合和你，因为我的关系。”

我说：“不用你说，我早就放弃了。”

他直视前方道：“他是一个情绪非常波动的人，当他发起疯来，你应付不了。”

“我不会再和他有瓜葛，但是你也不要看轻了我，选择离开，不是我知难而退，而是我不想夹在你们中间，做一个两面不是人的东西，只要我一天没还清你的钱，我就不能对不起你，更不能对不起他。”我尽量使自己看起来不算激动，但还是有些语无伦次，“如果他的病需要我，只要我能救他，我可以——”

“不可以。”丁兆冬打断我，“你们两个在一起，只会导致他的毁灭。”

我张口结舌了一阵儿，苦笑道：“你省去过程下了一个结论，让我不知道该怎么反驳，毕竟也没有事实发生……”

他若有所思地凝视着我，短暂沉默之后说："我没叫你还我钱。"

面对他的一脸无辜，我刚想说什么，突然下起了雨。

丁兆冬脱下西装盖在我头上，拉着我去屋檐下躲雨。

地面积水上荡起了一圈圈涟漪，丁兆冬叫陈叔开车来接我们，他是用单手打的电话，因为另一只手依旧抓着我，电话挂了之后也没有松开。

我们肩并肩看雨越来越大，噼噼啪啪的雨声搅拌着雷鸣，像是外面世界的枪林弹雨，我们躲在战壕里遥想故乡的窗台，满心充斥着大难不死之后对新生的向往。

没人说话时，时间与距离总是拉得无限绵长，在我以为手拉着手的我们仿佛会被雨幕隔离在百米开外共度百年时光时，"你还是很讨厌我？"丁兆冬突然发问。

我回答："我不是很讨厌你了。"

"我也不讨厌你。"

"你当然不讨厌我——"我讪笑出声，"你身边女人那么多，却偏偏选了我。"

丁兆冬发出一声长长的叹息，犹如穿过瀑布的轻风。

我继续说笑："指不定你比你想的要更喜欢我——"

他说："艾希，你不如做我的女朋友，跟我正经交往好了。"

我一怔后条件反射地说："不行。"——我不是好女人，但也不是个骗子——"我没办法假装我心里没有禾仁康，对不起。"

他松开了我的手。

- 09 -

一觉醒来，南冰已经去学校了，我坐在床上看一眼墙上浮动的日光，昨晚的雨声犹在耳边，我睡饱了，开始试图整理丁兆冬那句话里的意图——他叫我做他的女朋友？——也许他只是贪恋与我在一起的稳定感，因为我是一个对他来说可以轻松掌控的人。

他不是一个重感情的人，更不是一个日久生情的人，与其在将来的某一天换一个女人来认真地恋爱，倒不如省去那些麻烦把已经熟到知己知彼的我留在身边就好，所以他选择我，正是因为他并没有要认真恋爱的打算。

起床，洗漱，我一边开火准备下碗面当早午饭，一边还在琢磨丁兆冬的意思，想着他该不会真的爱上我了吧？又为自己的自作多情嗤笑出声，然后水就开了，我把面条扔进咕噜噜冒泡的沸水里想，他是那么冷酷的一个人，连与他相依为命的禾仁康都能往火坑里推，怎么可能会对只知道向他索取的我动真感情？

我端着碗坐在电脑前吃面，一晃鼠标发现没有关机，屏幕上面还开着躁郁症的相关页面，无论以后与禾仁康是否形同陌路，我还是忍不住把他的事情放在心上，总觉得万一呢？万一我和他有那个万一，人生路起起伏伏弯弯绕绕，很多事情讲不准的。

我打开文件夹盯着禾仁康画的怪兽吃完了面，然后开始画自己的画，现在我有三本固定供稿的杂志和一个APP，再算上一些零碎的插图活儿，每个月能挣个八千块出头，我还签约了一个开课的Q群，不定期用在线直播给学生示范作画，偶尔也能分到两千块左右的盈利。

现在我养活自己是绰绰有余了，但对于这个收入还是不能满意的，仗着年轻再凑合都能过，等年纪渐长后要用钱的地方多得去了，而且我有一个雄心壮志就是连本带利地把钱还给丁兆冬，把已经脱了的尊严再穿回来。

画了没一会儿，手机响了，我一看是江子芸，想着她该不会是来找我接着吵昨天的架吧？任她坚持不懈响了好久才不甘愿地接起来，对面也不等我发问就冲我吼起来了：“艾希，你马上过来！阿姨她——你妈妈昏倒了！”

我立即弹起来道：“你快送医院啊！”边抓起钱包就往外跑。

“我打救护车电话了，你快来。”

“谢谢！谢谢！谢谢！”我往门外跑。

我等不及电梯，跑着下楼梯。

我沿着马路边跑，招手叫出租车。

我爱上了一个人，却离弃他，我不爱那一个人，却利用他，如果在爱里不够坚定是我的罪孽，我在心里诅咒自己，要惩罚我请针对我，不要伤害对我重要的人，不要伤害爱着我这个坏蛋的人。

只要我妈妈还活着，即使我已经老得牙齿也没了，眼睛也看不清楚了，但我还是个有地儿撒娇的孩子，如果世上没有可以被我叫妈妈的人了，那我就只能做一个大人，直到成为一个老人了。

第五章
Chapter - 05

- 01 -

网上经常有一些“十大感动中国的图片”“十大让你热泪盈眶的瞬间”什么的，大部分是一些山村里的穷孩子赤着脚，消防队员满脸黑灰地在睡觉，拾破烂的老爷爷展示一双布满伤痕的手，也许是他们的生活离我太远了，又或是我连自己的生活都自顾不暇，这些图片并不能感动我，也不能让我热泪盈眶。倒是有一张，映入眼帘的瞬间就把我戳得千疮百孔，决堤的眼泪差点儿没把我呛死，那是有关母亲的。

在病房里，一个七十四岁的老人，俯身对躺在病床上的一个九十四岁的老人说：“妈妈，我们回家了。”

我“嗷”的一声哭了出来，南冰吓到裤子都来不及提就从洗手间冲出来关心我，于是我就抱着半个屁股还露在外面的她抽泣：“你看看，你看这个老人，无论她多老，只要她妈妈还在世上一天，她就还是个孩子，你懂吗？你知道我的意思吗？”

只要我妈妈还活着，即使我已经老得牙齿也没了，眼睛也看不清楚了，但我还是个有地儿撒娇的孩子，如果世上没有可以被我叫妈妈的人了，那我就只能做一个大人，直到成为一个老人了。

南冰为了强忍住白眼，于是眼睛微微有些抽搐地看着我，却还要故作温柔地抚摸我的头发，宠溺地说“好了，乖，你妈妈一定会长命百岁的。”

“她最好长命百岁……”我把眼泪蹭在南冰的肚子上。

我并不想活到很老，因为害怕孤独终老，如果我的寿命太长，长到要送走亲人、爱人和朋友，那么我剩下的时间，也不足以去再与一个人建立感情来获得陪伴，我只会陷入无限冗长的悲伤里孤独等死，那么我多出来的这十年又或是二十年的时间反而成了诅咒，我情愿拿来填补给他们，均匀地分一分，大家掐着表一起死，甚至于我先走一步更好，因为我是承受不了离别之重的自私鬼。

- 02 -

到了店里以后，我目瞪口呆地看着江子芸正在熟练地收银，新来的服务员小妹对我爱搭不理的却对她毕恭毕敬，可见江子芸和我妈的关系真是熟络到堪比母女了，她见了我指指楼上说：“快上去，你妈正在休息，她不肯去医院。”

“谢谢你。”我诚恳地连连道谢还是觉得不够，毕竟昨晚我还对她大呼小叫，今天她却不计前嫌替我照顾妈妈。“那个……”我又转回身，对她说，“我以后不会再跟禾仁康见面了，你放心。”

江子芸头也不抬地说："来不及了，你已经招惹他了。"

我不想与她争执，心急如焚地跑上楼去。

妈妈正平躺在床上休息，看起来状态不错，她见我进来，立即动作利落地坐了起来，但我还是忙冲过去扶住她，看她的面色还算红润，心里松了一口气。

"你怎么回事儿啊？"我急道，"怎么好端端会晕倒？为什么还不肯去医院？"

她说："救护车来过了，给我看了心电图测了下血压，收了一百八。"

"你犯得着心疼钱吗？钱能比身体更重要？我们挣钱不是为了好好活着吗？"

"不是，这孩子，你先别急，听我说。"她坐直了，拍了拍床示意我坐到她身边，"我自个儿知道我是怎么回事儿，老早就看过，医生也说了，只要缓口气歇一歇就行。"

我坐到床上，以担忧的眼神给她施压，坦白从宽。

"最开始我就是感觉心里慌，人年纪大了总是要有些毛病的，你江姐姐说晕倒真的夸张了，我就是有时候站不稳，昏了那一下子，然后就好了。"妈妈也不扭捏，她轻描淡写地说，"医生说是先天性心脏病。"

话音一落，我吓得倒吸一口气，眼睛瞪大了三圈。

妈妈忙摆手说："别想得那么吓人，就是心律失常而已。"

她详细说起经过，大约两个月前，周拓感觉腿脚不太舒服，就想去医院照一下 X 光看看旧伤的问题，因为他也很在意她最近老犯晕的毛病，所以提议她做一个全身检查，结果就查出了心脏病。

“你不信我，还不信医生说的话了？”妈妈说着，翻身从床头柜里掏出病例来，“人家说了，只要我别累着就行，几乎不影响生活。”

我翻了翻，医生的字迹能看明白的不多，就算全看懂了我也不了解其描述的严重程度，于是追问：“你别骗我，你绝对不能瞒着我，真的没事儿？”

“哎哟，真没事儿。”她急得一拍大腿，脸上却又流露出想安抚我的笑容，“真不骗你，你看我这岁数也活够了，不至于怕死的——”她不擅长撒谎，所以我知道她是在说实话，因为怕我不相信而着急得口不择言起来。

“不准你这么说！”我打断她，“你不可以老，不可以病，什么叫这把岁数了，你的好日子这不是才刚开始吗？要知道肯德基爷爷六十六岁才创业，我一个叫李鸽的朋友，她妈快六十了还谈着三个男朋友。”

“好好，你看你，还是这么性急……”妈妈缩着肩膀，委屈地看着我，“一言不合就发火。”

我板着脸看她这一张兔子讨好狼似的脸，绷不住笑了，还行，我妈妈身上一点儿老人气也没有，别看她眼角笑起来褶子有三道了，却洋溢着好单纯好不做作的少女气息，和那些上了年纪就烫发搓麻将的“妖艳贱货”完全不一样，所以我相信她无论多老，身边也不会缺爷们，也相信她一定会长命百岁，因为历经那么多风雨之后，她也没有对这世间失望。

“既然医生都叫你别操劳，我看你就别对这家店太上心了，反正有周拓在不是。”我说，“你都干了大半辈子工人了，本来就是该退休，好好享受的时候。”

“对了！”不知道是不是为了转移话题，妈妈突然神秘兮兮地说，“有个好东西要给你看。”

她转过身去从柜子里摸出什么来，在胸口捂了一阵儿才笑眯眯地递给我——

是离婚证——

"哇……这……这……"我一时感慨万千，再抬眼看妈妈，她眼角清晰地有一行泪落下来，可是脸上却是暖融融的笑。

为了这个笑容，我等得太久了，付出得太多了，可是好值得，早知道妈妈这个含泪的笑，会比落日余晖更和煦更美丽，我情愿付出得更多，也不愿意等这么久，无论多少年之后，我也不会忘记今天这一刻。

妈妈这一笑，稳固了我存在于世的意义。

- *03* -

下楼吃饭时，我强烈反对妈妈亲自下厨，于是她交代新来的厨子炒两个我喜欢的菜，又问江子芸爱吃什么，最后还是坚持给我们做了炸酱面。

原本店里就请了一个厨子和一个服务员，妈妈和周拓都会做饭，经常下厨帮忙，看到这个新来的炒菜小伙子，我才想起来要问："周拓上哪儿去了？"

妈妈端着碗，夹一筷子菜放我饭上，又转过头对江子芸说："芸芸，阿姨就不给你夹菜了，多吃呀，今天谢谢你了。"才低头边吃自己的边随口回答我："他回廊坊了。"

我奇怪地问："这都去多久了，怎么还不回来？"

她淡淡地说："不回来了，我跟他分了。"

我忘了嚼嘴里的菜，张着嘴半晌生出一个"啊？"字。

"我们年纪还是差得有点儿大。"

“跟年纪没关系吧，你们就是太在乎外人的眼光。”我说，“我看你们挺好的，如果不是因为喜欢，你也不会因为他闹到离婚。”

“什么喜欢不喜欢的，那是你们小年轻那一套。”妈妈有些不好意思地笑笑，看一眼江子芸，见她对我们母女的对话也没什么反应，才舒了口气继续对我说，“我们都讲适合不适合，不适合就散了。”

“明明很适合的，多可惜。”

妈妈笑着逗我：“以前没见你这么看得上周师傅呀？”

“主要是以后没人陪你了，我不放心。”

见我叹一口气，妈妈也叹一口气，却是挺释然的态度。

她说：“人要活很久的，身边陪你的人啊换那么一个两个，很正常，你活到我这个年纪就会懂了，你们年轻人谈恋爱啊动不动就要死要活，还是活得不够久，见得不够多，慢慢地就习惯了，来来去去，很正常，没必要哭天喊地的，身边换了谁都不至于活不下去，换了谁不是陪你慢慢变老？一样的，换了谁都一样。”

我差点儿就被妈妈说服了，因为这些中老年人讲话总是透着他们吃的盐比我吃的饭还多的气场，如同在下副本前用经验恐吓我们这些新手的老玩家，不过我马上就找出了漏洞来反驳：“才不一样，你觉得陪你的人是谁都无所谓，那你为什么会讨厌爸爸？你觉得跟周拓分开也无所谓，只能说明你也不是很爱他。”

“那你爱丁兆冬吗？”她突然问我，“还是爱那个画家？”

我一愣，立即反应过来，转脸怒瞪江子芸，她翻个白眼不作声，继续淡定地吃饭。

“你这孩子，跟丁兆冬分手了也不告诉我。”妈妈皱眉。

“没分手。”

“那你不是和那个画家在一起了吗？”

“没在一起。”

“哦，那你就还是爱丁兆冬咯？”

“不爱。”我端起碗猛扒拉一口饭道，“好好，我不管你了，你也别问了。”

“这孩子，我真是搞不懂了。”妈妈疑惑地看一眼江子芸，“她现在到底跟谁好了？”

江子芸倒是冲我笑起来了：“阿姨问你话呢，怎么不说清楚呀？”

“吃你的饭！”我撇过眼去不看她。

“我是希望你能跟丁兆冬好好的。”妈妈突然放下碗筷，很是正经得有些庄重地看着我说，“他人真的是好，帮了我们这么多的忙……”

她的语气诚恳中带着歉意，眼神里也流露出一些愧疚，她的言下之意藏得并不深，说好听点儿是希望我懂得知恩图报，说难听点儿其实就是卖女还债。

“我知道啊。”我闷声闷气地点头。

我们母女都欠丁兆冬太多了，我真想哪天有全部还上的能力。

- 04 -

其实丁兆冬真的很幼稚，自从那个尴尬的雨夜之后，他又很久没联系我了，回想了一下，每一次我们之间闹出不愉快，他就对我置之不理，这个情商和初中男生差不多，小学生反而更利落些，他们会主动挑明：“我生气了我对你有如下不满还请你更正……”

“你在生我的气？”我发短信给他。

隔了很久才得到他充满怨气的一句：“没有。”

——只有青春期的男生才会这么做！成年人就算不能冷静客观好歹也会客套两句。

“那上周六我问你要不要吃什么，我给你做，你至今没回复我。”我追击。

“不吃。”他完美闪避。

这话，没法接了。我趴在床上端着手机，干脆不拉家常了，硬生生地直奔主题：“之前拜托你的事情，谢谢。”

废那么多话，我就为了能顺其自然地道个谢，等了两分钟见他没反应，我也无所谓地扔了手机，反正心事已了，我该干吗干吗去了。

在同一本杂志供稿的画手，兴致盎然地跑来告诉我，赵碧琪已经离职了，这件事儿现在是整个圈子的话题，原来她利用职务之便做了几本合集书，盗用了许多插画和文章，稿酬全部进了自己的口袋，现在那些作者联名闹起来了，赵碧琪在北京出版圈里再也混不下去，已经打包回了老家。

此外《云踪瑰迹》说是涉及版权问题，已经全部从市面上回收，出版总监亲自打电话向我道歉，和我商量要不要重签一份合同重新出版，我拒绝了，毕竟是第一本书，我决定慎重对待，选择更靠谱的合作方。

听起来像是水到渠成的一件事儿，但我知道离不开丁兆冬在背后的推动，比起绝品装备，他更像是我的外挂，难以想象没有他，我在这个遍地是 bug 的丛林社会里会是什么处境，应该是走出新手村只为增加别人经验值的炮灰。

可是一码事儿归一码事儿，我总做不到全心全意地感恩戴德，丁兆冬是吾之蜜糖却是汝之砒霜，一想到他迫使禾仁康做的那些事情，我就有些天旋地转的恶心，一切都有因果，禾仁康为什么缺乏安全感？系铃人是丁兆冬，他使他变得偏执、抑郁、狂躁、脆弱，是一个死结，他解不了。

想知道禾仁康的近况，可是他没有注册任何社交网络，我没处去寻，倒是许雯雯最近铺天盖地地钻入我视野。

现在她叫许安吉，打开微博就能在右侧的主播排行榜上看见她，也出现在一些网页中的夹缝小广告里，她有时是秘书有时是护士的装扮，如果不是总摆出双手聚拢挤着胸的经典姿势，我也不一定能认出来，她已经是个大美女了，就是旁边的广告词实在是 low 穿地心，“大大大还能更大，大力打爆出大神装”是什么？又黄又暴力。

即使已经换上了混血女神的皮囊，她骨子里的品味还是令人担忧，我随手点进她的直播间，看着她的锥子脸想，如果我是她的经纪人，一定不会让她接这些掉身价的工作。

她正在与粉丝分享减肥秘诀：“减肥是女人一辈子的事业，我和我最好的两个闺密，会互相监督……”——她说这句话的时候，我觉得是在说我和南冰——“先说清楚，她俩都没有我漂亮哟。”——哦，应该不是说我和南冰——“我们三个约好晚上过了八点，谁都不可以吃东西，谁吃谁罚款一百块。”

她说的就是我和南冰呀！不过当时是她要求我们监督她不能吃，她违规了不止一次，但我们可是一分钱也没见过。

许雯雯说来说去，都是曾经发生于我们仨之间的趣事儿，看来是还没交到新朋友，就她那摧枯拉朽的奇葩性格，当时如果不是逮着善良的我和南冰不撒手，在学校里也是一个同性朋友都没有。

开着她的直播边听边画画的感觉挺有意思的，像是许雯雯就在屋子里，和以前一样贴着面膜在抠脚，她坐在我身边回忆了许多往事，像是我们去便利店里买好炖，盛了满满三大碗后才发现三个人都没带钱包，店里还不能手机支付，我们就端着碗排一排站门口打电话叫向海、杨杨和怪兽过来拯救女朋友。

还有一次，我们去吃火锅，有一对情侣占了四人的皮革沙发座，吃完了也不走在那儿腻腻乎乎地亲热，导致我们只能坐旁边木桌椅也就算了，光天化日地公然交配多辣眼睛、多倒胃口，于是我们就开始超大声模仿两个人的言行举止，许雯雯的那一声声浪叫啊仿佛这整家店的男人都把她这样那样过了，那对小情侣要是没被逼走，我和南冰也感觉快活不下去了。

最后得益于许雯雯释放自我的倾情演出，情侣走了，别的食客也匆匆走了，我们三个占了半拉店的面积。

想起那一幕，我吭哧吭哧笑起来，笑完了之后，突然有些伤感，看一眼屏幕上的脸，就像往事回不去，这个许安吉对我来说也不过是一个熟悉的陌生人，于是关了直播，专心画画，我又不是个老年人，没时间沉湎于过去，眼下最重要。许雯雯都甩下往事朝前走了，我更没道理去怀念。

- 05 -

白天看了会儿许雯雯的直播，这天晚上我就接到了她的电话，我有些莫名其妙的心虚，就像是分手之后还偷偷跟踪前任的网络动态被抓包的感觉，正想着如何狡辩自己并没有特意关注她，许雯雯第一句话就是：“艾希，我要结婚了。”

“哈？”这话说得太突然了，我回应得也很尴尬，“为什么？”

许雯雯说过，除非嫁入豪门，否则她不会结婚的——

“和谁？”我问，总不至于才刚完成整容就钓到了高富帅吧，这速度简直快到可以出教程——

“还能是谁？”她说，“我就在以前我们经常聚的烤串店，你出来见见我吧……”她话语顿了顿：“你不来，我不走。”

- 06 -

到了季姐烤串店里，抬眼就见到了戴着口罩和墨镜的许雯雯，她没有被季姐认出来，因为季姐很热情地招呼我，感慨地问怎么就我一个人来了？很久没见到我们一伙人了，我成熟地一笑道：“大家都太忙了。”

其实有一瞬间，我好想抱着这个朴实的大姐说：“姐，我们这些人，已经散了。”

许雯雯坐的是我们六个人每次来都会坐的那张角落靠窗的大长桌，没了我和南冰陪她，没了喝酒划拳的向海和怪兽，也没了可以调戏的杨牧央，瘦了好多的她，一个人孤零零地坐着，像是从墙脚长出来的花骨朵儿，特别可怜，也惹得旁边的男人时不时投以关切的目光。

我坐下便问：“你感冒了？”

她双眼立即精神地一亮，做作地扭着身子说：“人家在微博好歹有十万粉丝好吗？被认出来多尴尬。”

“哦。”我翻个白眼，招手叫服务员点单，边问，“这顿是你请客吧？”

“看看，你看看。”她拍了拍身边的黄色杀手包，“正品，一万七。”

“所以你现在不差钱了？”我转脸对服务员说，“鸡胗五串，茄子一串，香菇两串……”

等我点完，许雯雯挥挥手对服务员说：“得得得，都上十串。”

“我靠，现在我们就去三里屯吃牛排行不行？”

“来日方长，下回再讹我吧。”店内油烟太大，她被口罩闷得上不来气，终于忍不住取下来了。

“不怕被粉丝认出来了？”我笑到半截就笑意凝固了，因为她取下眼镜后露出了左眼的瘀青，“你怎么回事儿？白天看你直播还好好——”没说完，我呛了一下，只好喝水掩饰自己。

许雯雯叹口气，翻了个属于我们仨的招牌白眼：“我知道你的微博ID好吗？每次你进来我都看得见，不然你以为我能想起来打你电话？你是谁啊？本姑奶奶现在是明星了好不好？”

“你是有什么代表作了吗？大明星。”我回以白眼。

她却把话题跳出了三米远：“南冰还是没原谅我？”

我说：“下辈子吧。”

“下下辈子都不可能。”她苦笑，“她是南冰。”

在昏暗的光线里，许雯雯脸上的整容痕迹并不明显，这苦涩一笑，颇有些20世纪90年代香港电影女明星般的媚态。

“你终于实现梦想了，恭喜你。”我说，“但是才刚刚有些红起来，就结婚吗？”

“网红而已，不过指不定哪天我就去演戏了，我签了一家网红孵化公司，张老板说会好好培养我的，以后你少跟人提我以前的事情，人家现在叫许安吉，重生了。”她学着南冰的样子一甩头发，美是美的，就是气场差之千里，“我现在不是普通女人了，启旬特别没安全感，所以才求着我结婚。”

“怎么是跟他？”我惊讶。

“不然呢？”许雯雯嘴角一扯，眼神暗淡下来，“他可是知道我的过去还愿意娶我的男人。”

“你考虑清楚，我觉得他不靠谱，他那个人对你——”由于许雯雯面露不悦，于是我适时地闭嘴了，“那你告诉我，你脸上的伤不是他的杰作就行。”

“不是他，是一个在影视圈里挺有资源的老板，他其实很喜欢我的，不是故意要打我，要不是因为我不争气……”她吞吞吐吐，最后敷衍，“很复杂的，你别管了。”

我知道她还是老样子，依附着什么人，才能一步步登天，可是偏偏我也没资格多嘴，只有活得洒脱纯粹如南冰才能正气凛然地骂醒她，但她不会管她的，因为她坚信个人选择个人负责，所以我也低头默默吃起了烤串。

“我结婚的时候，你要到场。”许雯雯挑剔地从铁扦子上摘着一颗颗油腻腻的鸡心，最后还是嫌弃地放下了，轻描淡写地对我说，“你一定要到场，因为我没什么朋友。”

不能看她的脸，会心软。我头也不抬地咬一口烤馒头片，模棱两可地说：“看情况吧，指不定到时候南冰也原谅你了。”

结账之后又等了一会儿，许雯雯指着窗外由远及近的一辆日系小轿车说：“启旬来接我了。”

我还记得那辆车，就是苏启旬之前在车展上看上的那一款，不用问也知道是许雯雯给他买的，我皱起眉头，更加质疑他娶她的目的。

“要送你回去吗？”许雯雯边起身边问。

“不需要，我说好了要去接南冰下班。”我摇手道，“她现在在咖啡店打工，学东西呢。”

“哦，她跟向海……”她别过脸去，犹豫地问，“还好吗？”

我不作声，她立即明白了，转身远去。

隔着窗，我看见穿一身品牌的苏启旬下了车，他故作帅气地斜倚着车门，搂住迎面而来的许雯雯就是热吻一通，仿佛一场秀，等周围没人可以展示了，才拉开车门请她上车。

我对着远去的汽车做出干呕状，恨不能马上找南冰一起吐槽这个拙劣的山寨偶像剧现场，然后想到自己竟然会为被猪油蒙了心的许雯雯感到难过，又控制不住地生起自己的气来。

- 07 -

南冰打工的咖啡店是某个明星开的，要不是李鸽介绍，一般人不会聘用，里面的服务生都是星二代，是他们课余之时去体验老百姓生活的，不过我们家南冰在里面可是一点儿也不违和，冲她那长相，八卦杂志随便写她是哪个海内外影后的私生女都会有人信。

我走到店外，看着通透大落地窗里正在垂首凝听客人要求的南冰，像是一幅被装裱的海报，正要欣赏一会儿，因为身边路人的窃窃私语，我才注意到偷窥的变态不止我一个，在墙角阴影里还站着一个熟悉的修长身影。

路人的侧目仅仅是因为这个男人太俊美了，如同历经千年依旧屹立于罗马的阿波罗神像，无数岁月在他身上折叠出斑驳浓厚的油彩。

“向海……”我叫出这个名字，感觉像是从故纸堆里抽出了一本尘封已久的书，抖落了一地尘埃，呛得人要双眼生泪。

他转过来看我一眼，视线停顿了有一秒之后，仿佛并不相识般，面无表情地驼着背转过身去。

“等一下！”我不及思考地冲上去，拉住正欲远去的他。

他再一次转过身来，整张脸暴露在霓虹灯下，原本就因为眼窝太深而深陷在阴影中的双眼，如今更是被浓重的黑眼圈包裹，如同乌云笼着月光，他端详我时，只有微弱的光芒在喘息般一闪一闪，终于恍如隔世般开口道：“艾希啊？”

“你怎么在这里？”我知道自己问了个傻透了的问题，可是也没别的话好说。

“看看我的南冰啊，看看她好不好。”他咧嘴一笑，落魄的笑容里还剩下一丝丝玩世不恭的味道。

“你……你……”——“你要不要去见见南冰，和她说说话？”——这样自作主张的话，我当然不能说，面对名为“南冰与向海”的孽缘，我只能是个局外人，所以最后硬生生憋出一句：“好久不见，你好吗？”

“我不好。”向海笑笑，“我好不了了。”

我无言以对，双手插兜的他轻轻挣开我的手，留恋地远远看一眼南冰后，转身离去。

无论他要带我去哪里都好，哪怕叫我死，亦是重生，让我的记忆全部改写，从此和他浪迹天涯，了无牵挂。

第六章
Chapter - 06

- 01 -

我们的人生大约就是一个不断向自己妥协的过程，圆不了的梦，爱不起的人，回不去的家，那么多事与愿违，那么多有心无力，舍不得，放不下，又不能一了百了地去死，只能一步步妥协，最后活成不甘心的样子，只能以一句淡淡的“长大了，懂事了，老了”来自圆其说。

关于我们这些人的人生，我也幻想过最完美的大结局，我和禾仁康环球旅行去画画，许雯雯功成名就后和王子睿结婚了，而南冰当然要和向海一起经营他俩的咖啡馆，还有被我伤透了的杨牧央，我不会忘记给他安排一个最好的人生，一个深爱他的妻子，一双淘气的孩子，他会拥有他理想中最圆满的家庭。

虽然只是在脑海里模拟过无数次的浪漫幻想，但每次一想到丁兆冬，我便会无端生出亏欠感来，他的位置应该在哪里？像他那样的人，我要安排什么样的幸福才会叫他感到安定？我不知道。我只知道，如果我选择了与禾仁康一起离开他，他一定也还是会一如往常地生活，而内里其实已经被彻底地摧毁。

“你盯着我干什么？”丁兆冬盘腿坐在落地窗前，手里端着咖啡，疑惑地看着我。

丁兆冬身上的居家服绣着双G的Logo，手里的杯子是来自丹麦独立设计师的作品，他就是个住在三环里的魔王，坐在金币堆成的宝座上，而我是个在村里卖花的无知少女，除了穷，还矫情，所以我看魔王，觉得他有钱，可是寂寞。

据我了解，与他亲近的人，只有禾仁康、江子芸和我，仅仅三个人，也没有一个人能走进他心里，但是好过身边没有人。

可能是窗外的阴雨，弄得我心里潮乎乎的，我在他身边贴着坐下，叹口气说：“人活着，真难啊。”

“舒服了就糟了。”他把烫手的咖啡杯放在我手心里，“难就对了，感觉难，才是活着。”

我喝一口，很苦，虽然这一口就是一百块，但苦还是苦，真有人花钱买苦吃。“嗯。”我皱眉咽下去，等了一会儿，终于有一股浓醇的回甘。“你……”缓了缓，我才能说话，“你应该养条狗。”

不等他疑惑，我继续说：“看这房子多大，多冷清啊。”

“我不是有你了吗？”

我发出抗议的一声“汪！”后，叹气道：“狗和人不一样，狗很忠心的，不会背叛你，比人要依赖你，就算你去上厕所也会跟着你，一秒不见如隔三秋。”

“狗要照顾，我没工夫。”

“我替你照顾。”

“你？”他不屑地一笑，“一个月里，我能见几回？消极怠工，真想炒了你。”

“来不及了，你已经预付了薪水。”我转移话题，“今天怎么突然叫我过来？”

“今天是我的生日。”他说。

- 02 -

一切发生得太快了，我看着手上还残留温度的血，眼前是飞驰流动的杨树群形成的绿海，是梦吗？我侧过脸看向禾仁康，他笑得那么恬静，斑驳的光芒透过车窗洒在他脸上，游弋着、晃动着，使他像是梦里掉进了星河的王子。

心脏在剧烈地鼓动，每一下敲击都像要挣脱胸骨的鸟儿，不是梦，我颤颤巍巍地以指尖摩挲手心的血，禾仁康不是真正的王子，却在我眼前刺伤了魔王。

他来得好突然，却又几乎是意料之中，因为今天是丁兆冬的生日，以他们如此熟识的关系，禾仁康的出现不需要铺垫，就像他猜到我一定会在场。

门铃响起时，我在厨房里做饭，还以为是江子芸，虽然我提过要邀请她，但是丁兆冬说只想和我两个人一起过，我几乎把冰箱里的食材都拿了出来，还是准备多做一些菜，在餐桌上摆满，热气腾腾的，显得热闹，有庆祝的气氛。

“你来干什么？”丁兆冬的声音压得很低，比灶上蹿动的火苗声还要朦胧。

接着是一阵谈话声和窸窸窣窣的推搡声，对方的声音也很轻，以至于我好奇地从厨房走出来，就看见笑盈盈的禾仁康。

他左手提着一个大蛋糕盒子，右手攥着很多个气球，他挤进门时，与门框摩擦出咯吱咯吱的声响，他一撒手，七彩斑斓的气球就占满了天花板，高高低低地浮动着，犹如正向地表聚集的飞船。

“哥，生日快乐。”禾仁康搂住丁兆冬的肩，在他脸颊上亲了一口，“你别生我的气了，明明每年我们都要一起过的。”

他看起来精神不错，有些不错过了头，笑容满面，目光如炬，平时柔软的四肢此刻像是箭在弦上般紧紧绷着。

他把蛋糕放在地上后走向我，拉着还没反应过来的我对丁兆冬说：“我想给你买礼物，但是不知道你缺什么，我想买一个很好的补偿你，哥，你说说，什么都可以，因为艾希是我的，不能给你。”

丁兆冬明显恼火，他动作粗鲁地上前推搡禾仁康，两个人立即扭打进了厨房，我一直试图拽着丁兆冬的胳膊把他拉开，原本叮叮咣咣的碰撞声突然停止，背冲着我的丁兆冬突然动作凝固，他倒退两步离开禾仁康后，一手撑着案台，弓下了后背，一手捂着左肩。

寂静中，只剩下灶台上的汤水咕噜声，我感到奇怪地看了一眼坐在地上的禾仁康，他有些哆嗦地望着丁兆冬，握着菜刀的右手却出奇平稳，上面沾着血。

我立即转到丁兆冬身前检查他的伤势，肩膀处的衣料已经被血浸染了一大块，他的眼睛瞪得浑圆，难以置信地看着禾仁康。

“哥……对不起。”禾仁康手里的菜刀掉在地上，他站起来，脸上挂着僵硬的抱歉笑容，“我不是故意的。”

“叫救护车，你快坐下！”我按着丁兆冬的伤口，有些手足无措，“别乱动，家里有纱布吗？我先替你包扎，你——”我转过脸对禾仁康叫，“快打急救电话啊！”

禾仁康扑过来，拽着我跑了。

他力气好大，手背上的青筋暴起，一进入无人的电梯，他就把我压在角落强吻，潮乎乎的，是他的喘息和眼泪，他双手用力捧着我的脸，像是在搓揉着将死之人的心脏。“我好想你。”他又是亲吻，又是落泪。

这瞬间，我心软了，眼眶也涨潮般泛起浪来，这不公平，我盯着他的睫毛，他额前细碎的刘海，真的不公平，为什么这个人要这样玩弄我——

在他面前，我真的输得彻底，大脑分泌出来的多巴胺和血清胺使我丧失理智，赴汤蹈火，宛如智障——

该死的爱情。

当电梯落到第一层时，我似乎已经被他的吻灌了剧毒，整个人恍恍惚惚，什么也不及细想了，无论他要带我去哪里都好，哪怕叫我死，亦是重生，让我的记忆全部改写，从此和他浪迹天涯，了无牵挂。

又坐上了我熟悉的副驾驶座，康米也被带来了，它原本埋首在后排的座位上吃着午餐，见了我后抬起头喵了两声，这辆房车里的装饰没变，只是没怎么收拾，杂物凌乱散落着，我曾经使用过的调色盘，上面的颜料已经干枯成一片片彩色的皮。

有种时光倒流的感觉，我的口腔里仿佛还留有当时蜷起腿吃的薯片和牛奶的味道，禾仁康伸手轻轻揉了揉我的头顶，动作温柔而娴熟，那个初夏的一切历历在目，如果不是空气阴冷，时不时将我拉回现实，仿佛下一秒，我又要蹲在海边触摸微热又沁凉的大海了。

“艾希，坐稳了，我会开得很快，因为我们要去很远的地方，这一次没人能找到我们。”禾仁康把油门踩到最大，“这一次是真的私奔了。”

好啊，我什么都不想管了，最好由你包办我的全部人生，告诉我以后该吃什么喝什么，告诉我前面的岔路选择哪一条，手里这张画用冷色还是暖色，手把手教我该如何生活——有那么一刹那，我真的放弃了挣扎——因为人生太难了，自己管自己，太难了，我只想做一个被人宠溺的废物。

只是当倒视镜里映射出一辆跑车在后面追我们时，我知道那是丁兆冬，立刻就清醒了过来，我担心他的伤势，心急如焚得想跳车窗，血流不止的话很容易昏厥，酿成车祸，我不想他死，我也不想和禾仁康私奔了，因为还欠着丁兆冬那么多的债，我想还。

“帮帮我。”我把目前的定位发到南冰的微信上。

她立即弹出消息：“马上到。”

- 03 -

车子上了高架桥，我还在劝禾仁康冷静，有什么话可以和丁兆冬好好说，但是他似乎什么也听不进去，一直在自言自语。

“艾希，你喜欢圣托里尼吗？我很喜欢，我们住在那里吧。蓝色的屋顶，白色的房子，在山上，康米会喜欢那里的阳台，很宽敞，再养一条金色的拉布拉多当小伙伴，有五间放着床的房间，因为我们会有很多小孩，每一间房都有整面墙是窗户，还有一间最大的房间给我们画画，也要放一架白色的钢琴，可以看见金色的大树和蓝色的海，天空就在我们头顶，日升日落都像是在海平线上和我们玩捉迷藏。”禾仁康的视线充满向往地遥望前方，仿佛那些滚滚流动的车流全是爱琴海上悄无声息的涟漪，“你别担心兆冬哥生气，他会原谅我们的，因为我们是这个世上最爱他的人，等他消气了，我们就三个人一起开开心心地生活，直到死后也要埋葬在一起。”

丁兆冬的车还在追我们，它几度擦边靠近禾仁康的房车，由于车流量太大，又几度为了躲避车辆而被我们甩出好远。

“艾希，在这个世上，曾经只有爸爸妈妈爱我，可是他们不在了。”禾仁康整个人都转过身来看着我，而他的手却还放在方向盘上，“后来我遇到了一些人，他们口口声声说爱我，可是我感觉不对，那和我想要的不一样。”他的表情十分挣扎，上半张脸是欲哭无泪，下半张脸却又是祈求般的微笑：“兆冬哥从来没说过爱我，假如我不在了，他也不会难过，因为我并不特别，可是我却离不开他，如果当时没有他在，我早就死了。”

“你误会他了，丁兆冬是个深藏不露的人，他只是害怕表达，因为他和你一样，也怕寂寞，他……他习惯了做一个国王，他只是不习惯和人示弱。”我慌乱地安慰他，甚至有些口不择言，“他很在乎你，不告诉你，是不想你们之间的天平倾斜，他太骄傲了，他怕被人知道，他也有软肋。”

“我不想再一个人了。”禾仁康笑着流泪，“其实我不贪心，人山人海的，只要有一个人是以真心对我的就够了，甚至不需要爱我，只要能陪着我，不离不弃，不会突然消失就够了，告诉我，他是需要我的就够了，可是，艾希，你说过你爱我，是真的吗？”他紧张又惶恐地看着我：“我以为是。你再告诉我一次。”

我张了张嘴，还不及回答，突然车身斜刺行驶。

眼看要撞上桥墩了，因为高度不高，而我们的车速极快，所以极有可能整个车身翻转从桥上掉下去。周遭的喇叭声此起彼伏，面对我们这辆发了疯的房车，其他车辆滑着乱七八糟的轨线纷纷避之不及，而丁兆冬的车猛地冲上来，横在了中间，刺耳的车轮摩擦水泥地的声响和车身相撞的巨大轰响之后，我眼前突然一黑。

- 04 -

应该只过去了几秒钟又或是几分钟，我揉揉眼，睁开，手上有血，应该是我额头碰伤了，由于颈椎猛地朝前甩出去又荡回来的缘故，此刻头很眩晕，受惊的大脑丧失了思考能力，我拼尽全力去回想刚才怎么了？是不是出车祸了？我还活着吗？——禾仁康还好吗？——

连忙别过脸去看，驾驶座是空的。

抬眼，车头在吱吱地冒着烟，丁兆冬的跑车横在房车与桥墩之间，他的车破损严重，整个车门被撞得凹陷进去，像是被拍扁的吐司。

出奇地安静，我能感受到自己滚烫的血液沿着眼窝滑过鼻翼，喘息声比心脏更响，心脏究竟还有没有在跳，我也不清楚。

丁兆冬——丁兆冬——丁兆冬——我的感官似乎都被封闭了，只是脑海里不断回响着他的名字，他嘴角的胡楂，他手背的青筋，他穿着白衬衫时宽阔的后背，他沉默地站在落地窗前，好像谁都不需要的背影，可是在床上的时候，他偶尔躲不开与我四目相对，那双凝视我的眼睛像是一张网，试图圈紧身边的一切——

不要死啊。

我尝试打开车门，使不上力气，手抖得像是帕金森发作，“不要死啊！”我在心里喊，“丁兆冬——我他 × 还欠你钱啊！”“砰”的一声，门开了，像是重见天日般，我跌跌撞撞地爬出车门，冲向那辆变了形的跑车，看见丁兆冬整张脸像是戴着血色面具，仿佛死去般一动不动地斜倚着破碎成蜘蛛网的车窗。

费了好大一番劲拉开门，我把他拖出来，太沉了，比他睡死时的重量沉了有一倍多，我用整个上半身来承重，爆发出了全部的潜能来把他拖出来，因为电影里总是会演到车祸后汽车爆炸的那一幕。

我把他平放在地上，面对他身上遍布的血迹，分辨不出来是哪里受伤，仿佛肩上的那个血洞可以忽略不计了，我的双手悬在他的身体上空瞎划拉着，像是在描摹我此刻紊乱不堪的大脑状态，怎么办？我该怎么救他？竟然不知道——我是个大傻 ×——光长年龄不长心，原来我除了厚脸皮，死不了，只会哭，屁用都没有。

“对了对了！打急救电话！”我猛地一拍脑门，上上下下摸自己，慌慌张张地自言自语，“别紧张，别急，打 120！我手机呢？我手机在哪儿？”——面对自己的无能，我忍不住冲天怒吼——“我 × 你 ×！我手机在哪儿！”

这一声或许太震耳欲聋，竟然把丁兆冬关得严丝合缝的眼皮震得一抖，他像是回魂般吸了一口气，迅猛地睁开了眼睛，我终于找到了自己的长处，就是天天站在急救室门口骂娘，死的可以骂成半死，还有半口气的都能骂活了。

丁兆冬的眼珠子一转看到我，似乎放下心般又要晕过去了，我情急一巴掌拍到他脸上喊：“你别装死！”

他皱起眉，慢慢睁开眼，凶巴巴地瞪着我，艰难地喘出一口气说：“活着呢。”

我登时就哭了，像是走失了十年的老狗在临终前找到了家，仰天号啕。

丁兆冬艰难地坐起来，我以双手托着他的后背骂：“作死啊！能不能好好躺着，等我叫救护车？你在流血。”

他看着我，眼珠子在颤：“你也是。”他伸手摸了摸我的脸，然后茫然四顾：“康儿？”

他坚持要站起来，我连忙扶着他，视野升高后，能看见禾仁康的背影，他摇摇晃晃地朝前走着，周边倒是没有车流，所有的车辆都远远停了下来，有几个司机下车张望，有的在拨打电话求援。

因为禾仁康没有走出去太远，我和丁兆冬迈出几步就追到了他的身后。“康儿！”丁兆冬喊道，他的一条胳膊架在我肩上，一脸的血噼里啪啦地坠在我衣服上，他需要马上去医院，我更是急火攻心，冲着前方几乎快化作一股青烟的纤长身影大声叫道：“禾仁康！你要去哪儿？丁兆冬受伤了，你也是，我们都需要去医院！”

腰腹里面好烫，虽然以前没有经验，但我猜是肋骨断了，里面感觉很硬又肿胀，倒是不疼，可能是我的身体处于应激状态把疼痛知觉关闭了。

还不能昏倒，我得确认丁兆冬和禾仁康都安全了，把他们安置好了以后，爱晕多久晕多久，反正有南冰可以守着我。

禾仁康没有走出多远，他的右手臂在滴血，整条胳膊都染成了鲜红，地面上被溅出一条花束绽开的轨迹，我好心疼，那只手是禾仁康的手，那是要描绘百花盛开的银河，即使地球爆炸也要封存在发射器里去月球上保护的新艺术起源。

如果他以后不能抓笔——我不敢想——那与对全人类犯罪无异。

“禾仁康！你站住。”我尽全力喊他，支撑丁兆冬已经很吃力，更大的声音也喊不出来了，“你不要再胡闹了！”

他身子虚晃一下，倚在桥墩边，转过来看着我们，笑了，和我第一次见到他一样，是雪山般清透的笑容，我当时只感觉自己被点亮了，他不该对我笑的，叫我忘不了，我并没有迷失在山顶，却被那美景蛊惑到再也不能动。

“我爱你，对不起。”他说完，毫不迟疑地往后躺倒。

- 05 -

禾仁康坠桥的那一幕，在我眼前不断回放，以极慢的格式，一点一点地，他的头发、嘴、下巴、脖颈、肩、胸膛、手臂、腰腹、小腿、脚尖，我眼睁睁看着，一点一点地消失，最后我眼前只剩下一片灰蒙蒙的天和冷漠的高楼。

一个月了，我躺在家里的床上，对着天花板干瞪眼，哭得太多了，眼珠子痒痒的，很想抠出来，这二十多天来一直半梦半醒，没怎么下过床，那场车祸给我的额头上留下了一道疤，很浅，也很短，我有时会用手指摸一摸，确认它的存在，确认一切是真的发生过。

然后我冲了上去吗？是丁兆冬拦腰抱住了我？还是他冲了上去，我拉住了他？我的回忆像是将沉的小船，在无风的海面上缓行缓沉，我们当时拥抱在一起，像是五岁的孩子，看到了噩梦成真，怒海滔天，山峦颠倒，哀鸿遍野，惊惧，恐慌，瞠目结舌，无声呐喊，行尸走肉，一万把燃烧的匕首将我们贯穿。

最后我只记得南冰的脸，她从出租车上下来，慌张地跑向我。

禾仁康的葬礼，我没去，不去，还可以当他没死，当他已经在圣托里尼的白色房子里等我。

一想到他站在那光影斑斓里，蓬松的头发被海面的波光戴上了温柔的皇冠，我就痴笑起来，他总是那么虚无缥缈的样子，不像个真实的人，笑着笑着，想起他现在真的化作了虚无，我又哑着嗓子哭起来，却掉不出一滴泪，身体里的水分都被双眼掏干了。

究竟是哪一步错了？我回想，也许我更顽固，更决绝，在禾仁康拉着我出门时坚定地陪在丁兆冬身边；在他拿起刀之前发现；在他试图联系我时好好地把话说清楚，把分手认真地重复一百遍——啊，我知道了，原来是从一开始就错了。

一开始，我不该爱上他，不该认识他，不该知道世上有个禾仁康。

门口传来响动声，我眼珠子一转看向窗外，天还亮着，不知道是下午几点，南冰今天下班真早，在我成为废人的这一个月里，她升级当了店长，考下了驾照。

“还没活过来啊？”她边走进来，边脱下外套扔在床尾，然后拍了拍我盖在被子下的脚，“有感觉吗？我怕你躺这么久要成残废了。”然后她走到床头，在我脑袋边坐下，打趣地看着我的脸说，“哟，都说好女不过百，你多久没上秤了？吃了吐，吐了不肯再吃，瞧你瘦得，也就剩二两了吧，好过了头成仙女了。”

我浑身的力气也只够转转眼珠子的，白了她一眼，估计剩下的二两也掉了。

南冰摸了摸我的脸，叹口气后慢悠悠地说“艾希，我知道你心里难受，如果你是身上哪儿不舒服，我还能给你揉揉；如果你饿了，我能喂你吃的；如果现在是乱世，我也可以替你挡刀子，可是你心里难受，我不知道该怎么办，我情愿替你难受，反正我的心很硬，什么都受得住。”

说完，她深情地凝视了我有半分钟，终于露出了坏巫婆的真容，啪啪两下手背来手掌去地扇我脸，不耐烦地说：“行了啊，老娘都这么好言好语哄你一个月了，就是装你也装个笑脸儿给我看看呀，起来不起来？你这个矫情鬼。”

我虚弱地看着她，挤出一个笑脸。

她嫌弃地一撇嘴：“太丑了，辣眼睛。”

看她往门外走去，我安详地闭上双眼，继续被悲伤封印在床里。

“总有人治得了你。”南冰边说话边走出去，在客厅里似乎在对另一个人说话，“你进去吧，在她作死自己之前多看两眼。”

然后丁兆冬就走了进来。

他的头发还是那么一丝不苟，硬挺的衣领，横平竖直的西装，熨得一丝褶皱也没有的衬衣，油亮得光可照人的皮鞋，当他走向我时，自带红毯快门声乱按的BGM（背景音乐），这个人怎么可以像什么都没发生过？每分钟都活得像在出席发布会。

无论丁兆冬来这里的目的是什么、想要说什么，我都不想回应，而他也没有开口，直接弯下腰把我打横抱了起来，穿过客厅朝大门走去。

“你们俩是要出去吃吧？”南冰坐在餐桌边，冲我们挥了挥手里的五张钞票，“那我给自己叫外卖了。”

我别着脸难以置信地瞪着她，这个老鸨子把我卖了。

把我放进车里，丁兆冬说：“你继续睡，等到了再叫你。”

我坐在后座看到后视镜里的自己，真的好丑，像是得了厌食症的大熊猫，我尴尬地以手梳了梳毛糙的头发，莫名惭愧地说：“去哪里？我没收拾，不方便。”

丁兆冬坐在驾驶座里，系上安全带后说：“整理康儿的遗物。”

- 06 -

丁兆冬带我去的是禾仁康在霄云路的房子，我下了车后环顾四周，除了灌木变得更茂密了之外没有太多变化，只是物是人非了。

来到大门前，丁兆冬盯着门口的密码锁有些迟疑。

“那个，密码……”我张嘴说话，发现自己的语速仿佛尘封已久般变得很迟缓，“我只知道前半段是他的生日……”

“嗯，后半段是我的。”他输入密码，门锁打开了。

房子毕竟是有专人定时打扫，里面一尘不染，一切维持原状，像是存在密封罐里等着百年之后的重新开启。

“康米呢？”我问。

“送人了。”丁兆冬走在前面，头也不回地说。

我听了这答案不开心，但千言万语也只能化作一个消极的“哦……”字，那是禾仁康的猫，事到如今，我再插手他们兄弟之间的事情，很不合时宜。

“江子芸说她养。”他补充道。

“哦！”我的声音于是明亮了一分。

来到画室后，我立即瞪大了双眼，数不清的画作占满了整个透明玻璃构成的空间，仿佛布置过于密集的美术馆，苍劲的红、阴柔的蓝，雏鹰与女体、火山口中的船，绚烂夺目，繁花盛开，全是禾仁康的画，我站在缓缓自转的星球上。

“已经把他在国内所有房子里画的画，完成的、未完成的都转到这里来了。”丁兆冬站在我身后，平静地说，“你挑你喜欢的拿走吧。”

“他的房子呢？”

“有些卖了，有些留着。”他说，“我是他的法定遗产继承人。”

“青岛的那个，留着吗？”我提问后不等他回答就说，“算了，不关我的事情。”

我径直走向其中一幅画，摘下来抱在怀里。

丁兆冬说：“《爱惜》吗？”

我坐在地上，像是画上的女人怀抱着星球，背冲着他坚定地说：“我就想要这一幅，用什么跟你换都行。”

“我就知道那幅是他画的你。”丁兆冬说，“本来就是你的。”

阳光照不进来，画布密密麻麻形成倒扣的鸟巢，坐在巢中的我只感觉空气阴凉，怀里的画上，每一道笔触我都见过其形成的过程，顿时悲从中来，眼睛里涌出泪来，气势恢宏得仿佛是我这辈子最后一把泪了。

丁兆冬当我这个号丧的人不存在，在我身后淡定地忙碌着，他开始用油纸把一幅幅画一层层包起来，哗啦啦的卷纸声，当啷啷的画框磕碰声，秩序井然地轮番响动着。

等我终于哭完了，才意识到好安静，丁兆冬不知何时没了动静。这冷血王八蛋该不会是把我一人扔在这里先走了吧？我站起来，用几乎快失明的眼睛搜寻他的身影，这个巨人正驼着背坐在角落里，看起来像是被击沉的航空母舰。

我轻手轻脚走过去，看见他正在翻看一地摊开的速写，我记得这个角落里的画是被禾仁康用防尘布遮起来的，现在终于见到真容了。

这一幅幅的画上都是丁兆冬，画的是他不到二十岁的时候，头发软塌塌的，有穿着背心在睡觉的样子，也有盘着腿坐在沙发上看书的，还有靠在阳台上抽烟的，对着镜子刷牙的，甚至赤裸上身在剃胡须的，大约几百来幅，几乎描摹出了他那一段时光的生活轨迹，犹如沉默的怀旧电影。

我轻手轻脚地后退，假装什么也不知道，因为那个丁兆冬好像在哭。

华灯初上，人来人往，在这个吵吵嚷嚷的世上，曾经我也有过方向，现在终于还是迷路了，我再也不知道该朝哪一个人走去了。

第七章
Chapter - 07

- 01 -

也不是没想过自己的生命戛然而止时会是因为遭遇了什么，电视新闻里常常有女人失踪的报道，多半是死了，还有那些死于自然灾害与大规模疫情的，我设身处地地想想，原来我是不怕死的。

我怕的是痛和苦，比起备受煎熬地活下去，我情愿一睡不醒，如果有歹徒企图伤害我，那我一定抢先了结了自己，如果世界末日来临，与其去与人拼抢资源，我还是来一把安眠药更一劳永逸。

可我又是贪生怕死的，因为我舍不得妈妈和南冰，虽然我对她们来说不见得是唯一的依靠，不，仔细想想，我对她们来说真的就是独一无二的存在，谁还可以成为我妈坚固的壁垒，谁还可以为了南冰披荆斩棘——是有些男人可以保护她们，但那是有所图的——他们要的是一物换一物，而我不要，妈妈和南冰就算什么也给不了我，那我也愿意把自己有的给她们。

关于死亡的幻想也就是我闲得没事儿瞎想想，总觉得那是屏幕里、书里的事情，人们总是会误以为自己是万里挑一的幸运儿，千里之外的山洪和隔了一条街区的命案，都与我们无关。

妈妈会长命百岁，南冰会陪我终老，在我看来都是理所当然的事情，而禾仁康虽然没有和我在一起了，但他也一定在地球上的某个地方活得好好的，画了一幅又一幅更美的画，成为现代画派的一代宗师受到全球瞩目，而我会时不时在媒体上看到他的消息，也渐渐变得心绪平和，对我与他之间的梦一场能够释然地笑笑——按道理来说是这般顺理成章的事情。

不应该是现在这样的——

我看着眼前的墓碑，禾仁康的遗像看起来非常木讷而紧张，仿佛他自己也没做好逝去的准备。

丁兆冬站在不远处抽烟，天快黑了，他的烟头亮出的零星烟火像是落单的星星。

墓地我是第一次来，没想到这么冷，因为树木繁茂，又不见高楼，庄严、肃穆，叫人心里沉得像船，风从四面八方来，肆无忌惮、横行霸道，风的哭声呜呜呼呼，凄凄哀哀，叫人心里生出无边无际的漆黑夜海。

“我……”我张开嘴，只感到风从舌尖吹过，半晌说不出话，“我……”我换了几口气，依旧不知道该说什么，太多想说的，可是面对这样墨色冰凉的石头，我假装不了正在对着禾仁康说话。

天色越来越黑，丁兆冬抽的烟顺着风递到我眼前，熏得我双眼微微干涩。

“我知道你最放心不下的是丁兆冬。”我苦笑着说，“可是我不能替你照顾他，对不起。”

远处有一只大杜鹃落在草地上，深深望了我一眼后又无端飞走了。

我继续像个幽灵般自言自语：“我见了他就会想起你，想起你的死多少是因为我，现在说假如没有遇见过都已经来不及了，可是我怪不了自己会爱上你，因为我一定会爱上你的，这事儿，我自己做不了主，和你在一起的那些日子，我忘不了，我也不后悔……如果你现在还能站到我眼前来，冲我笑一笑，我也还是会爱上你。”

说完，我等了一会儿，墓碑则回我以沉默。

“我走了。”我说，“也许我不会来看你了。”

我和丁兆冬开始绕着一圈圈的阶梯往上走去，再回首时，我很奇怪有个戴着墨镜的银发男人跪在了禾仁康墓碑前面，他放下了一束饱满的百合花后，久久没有站起来，一身白色西装的他被重重叠叠的黑色墓碑包围，好像一艘迷失的飞船孤寂地飘浮在星际之中。

“那个男的是谁？”我问。

“他是贞荣。”丁兆冬头也不回地说。

我听过这个名字，便没有再问下去。

- 02 -

蓬头垢面的我坚持要回家，可是丁兆冬以有很重要的东西要给我为由，带我去了他家，然后拿出一个方方正正的牛皮纸包裹。

我掂掂重量，感觉是一本硬皮精装书，坐在沙发上小心地拆开，掏出来一看果然是硬壳的全彩童话书，定价68.8元，从用纸和油墨可以看出成本偏高，翻过来一看封面，是《爱瓶子空心兽》，绘著者名字是艾希。

“是康儿找到我，要瞒着你出版这本书，他本来想在你生日时给你一个惊喜。”丁兆冬坐在我身边，语气平淡地说，“版税是 26 万，你把账号给我。”

我抚摸着封面上的怪兽，它的体毛也用特殊工艺做了出来，摩挲得久了，竟有了些温度，闭上眼还以为在摸猫的额头。

“不用给我了。”我睁开眼，依旧盯着怪兽胸口空荡荡的洞说，“就当我还你的钱，虽然不够，但是我快撑不下去了，我不行了。”

丁兆冬一动不动，也不知道是在听我说话，还是已经走神。

张口结舌地试着说出禾仁康的名字，半晌还是说不出来。“出了这样的事情……”我深深地低下头去，不敢看向他，“我没有办法再面对你。”

他突然靠近我，双手紧紧地抱着我，下巴用力压着我的肩，气息很乱，整个人好像发动机般起起伏伏，我不住地上下来回抚摸他的后背，自己的手也在发抖，我们像是两个相依取暖的人，也像是联手埋葬了秘密的共犯。

直到这个姿势维持得有些叫人肌肉麻痹了，丁兆冬才捧着我的后脑勺开始吻我，而我回以木然，以行动再一次强调：对不起，我不行了。

他终于站起来，走向了落地窗，外面是漫天霓虹，北京的天空已经很久没见过星星了，人造灯却也形成了更斑驳鬼魅的银河。

“剩下的钱，我以后会慢慢还给你，至今为止，谢谢你，是你救了我的人生。”我也站了起来，“求你，以后，就当没我这个人。”

丁兆冬没有回首，玻璃倒映的他，整张脸都藏在光澜之间的黑暗间隙中。

“我走了。”我深深地朝他的后背鞠躬，“以后我不会来了。”

丁兆冬依旧没有反应，穿着黑衬衫的高大背影仿佛一座墓碑。

我抱着禾仁康留给我的一幅画和一本书转身离去。

这大约算是分手，又或者不是，我和丁兆冬之间的关系太难明说，说不是，是因为我当我们是雇佣关系，说是，是因为我想到今后再也见不到他了，竟有些流离失所的感觉，不过也罢了，我现在不过是行尸走肉，虽说不至于了无牵挂，可是我心里却也没了事情，恍恍惚惚，迷迷糊糊。

走在街上，被飞驰而过的车子溅了一身泥，我也不计较，现在若是有人抢走我绑了全部银行卡的手机，我也全无所谓，唯独别碰我怀里的书和画，那我是要杀人的，我感觉我有精神病了，不犯法。

华灯初上，人来人往，在这个吵吵嚷嚷的世上，曾经我也有过方向，现在终于还是迷路了，我再也不知道该朝哪一个人走去了。

- 03 -

和丁兆冬正式分手之后，我倒是没再被家里的床所封印，却是接连数日买醉于夜店，比废人更进一步成了残渣，因为我已经不知道还能要什么了，所以我趁着南冰上夜班时，就出来跟着陌生人们一起，随着震天响的 DJ 打碟摇头晃脑，像是初生的疯子，原始而无知，无能而躁动。

北京夜里也乱，虽然不至于夜夜闹出人命，却有许多姑娘喝了“断片酒”后在廉价的酒店里光着身子醒来，至今没出事儿算我幸运，又或是因为我看起来太像 high 过了头的狂徒，在我包里若不是放了针头就是砍刀，没人敢碰我。

当然也有不长眼的人，看不出来我跳舞并不是为了找乐子，我只是大脑空空、无所适从，眼前这个花臂男人跟我搭讪了三句，还不滚开，我只好停下来，字正腔圆地对他说：“哥—无—恩，滚。”

“臭娘儿们，给脸不要脸！”他扬手要打。

我闭上眼随他去，却半晌没听到响，睁开眼看见南冰横在我们之间。

她的个子与这男的一般高，但女的就是更显高，尤其她还踩着一双小细跟，再有女王气场的加成，肉眼看上去根本就是在欺凌弱小。

她恶狠狠地掐着男人的手腕，阴笑着说：“你他 × 的，动我的女人？”

对方一惊，果然㞞人最爱挂金链，一整条花臂只是为了壮胆而已，他挣脱开后，走出去三米开外了还要愤愤不平地啐一句：“× 的，死同性恋。”

我发出大笑，双手圈着南冰的脖子就要去吻她，却被她躲开了，她拽着我往大门走，而我则像一条癞皮狗似的就要坐地上撒泼，她只好挤开人群把我拉到角落。

“你他 × 还能不能好了？人死了都两个多月了，你这儿还演自暴自弃给谁看呢？”南冰一手撑着墙，凶巴巴地数落我，“今天要不是我逃了班来跟踪你，明天指不定我就要上护城河里捞裸尸了。”

“我想找开心不行吗？”我痞里痞气地问她。

“艾希，久病床前无孝子，我再好的耐心也能被你作没了，没了一个禾仁康，地球照样转，要饿死的难民还是吃不上饭，打仗的地儿也不会停战，你有吃有喝，还这么想不开，怎么不跟着去死啊？你死了，我哭一哭，端着饭碗哭，因为没了你，老娘也还得活着，我一堆事情还没做完，可舍不得为你糟蹋我自己。”

“你……你怎么这么无情啊……”我作势要哭，“你就不会舍不得我吗？”

“收收，老娘没有睾丸激素，你这套路对我没用。”南冰举起一只手阻止我，冷酷地说，“况且你现在丑了好多。”

被她这么一说，我“哇”地一声捂着脸，靠着墙的身体倏地滑落，对一个二十郎当岁的姑娘来说，怎么个死法都惨不过丑死的。

南冰立刻笑了，她蹲下来，双手捧着我的脸说：“底子还在，乖乖的，还能养回来。”

她好神奇，能驱使群魔为之乱舞的绚烂激光灯，在掠过她的笑颜时却是神圣宁静的光晕，这个女人啊，声色俱厉时是叫山河变色的巫师，温情脉脉时是能起死回生的女神。

我在她面前倔强不了太久，毕竟她是我在世上唯一的迷信。

我整个人都松软下来，苦着脸问她：“可是我以后怎么活下去？我不知道。”

“该怎么活怎么活啊，艾希，我说了千千万万遍，人活着不能只为了爱情。”南冰挑起我的下巴说，“在遇见禾仁康之前，你想干什么？”

“出很多书，办画展，办到巴黎去，画很多画，想要画出名堂来。”

“你遇见他之后，就不干了？”

“要干啊……”我心虚地说。

“那不就结了。”她笑，捏了捏我的脸，“你还活着，小傻 ×。”

“嗯……”她明显透出安心的笑意叫我心头一暖，也笑了，“还得活着。”

“就准你再疯这一晚。”她拉我起来。

我们重新回到舞池，或许因为有了南冰这张妖精脸可以给我聚焦，身体摇摆得再颠来倒去，我的视线也不再失焦，脑袋越晃越是清醒，断了电的前路又亮起了一丝微光，趁着还有人愿意等在原地拉我一把，得收拾收拾自己了，不能让她为我耽误太久，我们这些活着的人，要往前走。

- 04 -

醒过来的时候是隔天午后，我坐在床上摆出沉思者的造型感受宿醉带来的头疼，有人递水给我，想着南冰太也能了，我接过来一咕噜仰头喝下去，她比我只喝多不喝少，这就全尿出去了。

再一抬头，我杯子掉了，还好有被子接着。

杨牧央似乎很满意我的反应，笑盈盈地叉腰看了我一会儿后，弯腰伸手抹去我嘴角的水珠。

虽然室内拉着窗帘，阳光透不进来，可是这个我熟悉的大男孩儿依旧身怀自带光环的特技，整个人都显得暖烘烘的，仿佛衣服下面贴着暖宝宝。

我缓了半天才问："怎么是你？"

"不是我，还能有谁背你回来？"杨牧央拿走水杯转身放在桌上，才在床沿坐下对我说，"南冰说不能找向海，至于怪兽，老早就找不着人了，所以才打电话给我。"

"那……那也不该麻烦你啊。"我不好意思地揉了揉脸，对比眼前这个春风一般的人，我也太狼狈了，昨晚的大浓妆此刻不用照镜子也知道花成了尴尬的地图，再一想自己不省人事、烂醉如泥时的丑态，简直动了要杀人灭口的心，第一个杀了南冰，我讪笑道，"毕竟，你和我之间算怎么回事儿啊？哈哈。"

“我都听说了，你还好吗？”杨牧央却没有笑，他悲伤地看着我。

“好啊。”我木讷地低下头，无言地玩弄着手指甲。

杨牧央的善良是发自肺腑的，只是这份来自前男友的同情叫我更加自惭形秽，一阵令人坐立难安的寂静后，我只想把气氛弄得欢快点儿，“你最近好吗？”

“很好啊。”他腼腆地笑一笑，言行举止之间和我已经有些生疏了。

“你小子，满面春光的，谈新女朋友了吧？”

“还不想谈。”

“不是因为我吧？”我有些心虚地挤出一个轻松的笑脸。

“不是。”杨牧央回答得很干脆，笑得也很淡然，“我没遇见喜欢的。”

我松了一口气，但又有些心底生出幽草般的失落，旋即又痛骂自己别犯贱！因为他以前太离不开我了，所以我才在分手之后还潜意识里拿他当自己的所有物，这对杨牧央很不尊重。

我叹口气说：“总会遇到的，你还小，不着急。”

“你比我还小一点儿吧？怎么说话这么苍老呢。”杨牧央被我的语重心长逗得乐不可支，“所以您老人家现在是单身了吗？”

“怎么，你想收了我？”我顺着他的话说。

杨牧央摇了摇头，然后说：“我想向你道歉。”

“啊？”

“你是我第一个喜欢上的人，我没有恋爱的经验，以为自己一股脑对你好就行了，却没去想两个人在一起讲的是情投意合，艾希，现在冷静下来仔细想想，其实你对我是喜欢，不是爱。”杨牧央笑得云淡风轻，“是我主动告白的，而你对我也不过是比起其他人要多喜欢了那么一点儿，当时我不懂事儿，你也是。你顺势和我在一起了，是我占了你的便宜，到头来还怪你离开我。”

“你别这么说……”我的耳根子发烫，他愈是宽容，我愈是羞愧，“你对我太好了。”

“我对你的好，变成了要挟，艾希，你远比你自以为的要善良。”杨牧央面露愁容，仿佛是他甩了我般抱歉地说，“当初你并不那么喜欢我，却只能拿你自己当作对我的回报，我是看准了这点，故意对你好的。”

我打断他：“你也把自己看得太轻了，我是喜欢你的，现在也是，只是——”

“只是不是爱，我知道。”他也打断我说，“分手之后，我让你看到我的痛苦，也是故意的，是为了报复你，我想要你难受，太幼稚了。”

我于是认真端详他，似水流年也终于将我曾经的少年修了模样，杨牧央的轮廓早已不再柔和，骨骼的线条变得更加清晰，俗话叫“张开了”，拂过柳树枝丫的风，如今穿过了天高云阔的草原，他现在已经是个正儿八经的大男人了。

“你成熟了好多。”想起自己的作天作地，我红了脸。

“拜你所赐。”

“对不起……”

“又来了，不是要怪你。”他说，“人总要长大，虽然我情愿你不长大，因为你是艾希，我爱上的也是你的幼稚。”

“你还是记恨我的……”我唉声叹气地举起手，“随便骂。”

杨牧央笑起来，他站起身。“能幼稚地活一辈子多叫人羡慕啊，不瞻前顾后，不随波逐流，其实是需要很大勇气的，以前想你这份幼稚劲儿能由我来保护就好了，可惜啊，我已经向前走了。”他走向书桌，小心地翻阅着我的画稿，“我要去新西兰了。”

我的身体前倾，控制着自己不要从床上跳下来。

不等我问“什么时候”他继续说，“很快就走，我申请到了一家营养机构的奖学金，以后想留在国外做营养师。”

“好突然……”我撩起额前的刘海，怔了一会儿后发自真心地说，“恭喜你！”

“也恭喜你啊。”他转过身，指着手里拿着的《爱瓶子空心兽》说，“我们都在朝前走。”

“送你一本吧。”

“我已经买过了。”

“你那本没有我的签名呀。”

我披上外套，跳下床时，他惯性地伸手要扶着我，迟疑了半秒又缩了回去，我于是在签名边附上了好多颗心心，最后杨牧央在屋里踱了一圈，似乎没有什么话要说了，却又不舍得道别，我于是拥抱了他。

“你好好的啊。”我轻拍他的后背。

他于是终于长出了一口气，用力回抱了我：“你也是。”

我说：“你一定要比我幸福。”

“以你为目标的话，会不会太简单了？”

“嘁。”

我们抱了有三分钟才撒开手，他身上的气味对我来说终于也变得陌生了。

杨牧央后退了三步去到门边，微笑着对我说：“再见，艾希。”

我挥挥手说：“再见，杨杨。”

- 05 -

杨牧央走后，我拉开窗帘，借着黄昏的光又回到床上坐着发呆，脑子里似乎什么也没想，又觉得想明白了什么，于是下了地，跪坐在衣柜前面，打开门就看见了禾仁康画的《爱惜》，被我的大衣和裙子左右簇拥的样子，像极了灵堂上的遗像。

看得久了，画里的星辰好像在落日余晖中微微闪烁，每一条笔触都在轻轻摇晃，最后形成静静搅动的旋涡，似要把人拉进去。

我摘下来，捧着画对它说话："我的天赋肯定不如你，但我很喜欢画画，所以我会不停地画下去，假如运气好的话，我会成名，会有很多钱，会买一所大房子，虽然去不了圣托里尼，但我会把门窗和墙刷成白色，铺一屋子白色的橡木地板，放一张蓝色的大工作桌，把你留给我的这幅画高高地挂在客厅正中央。"我拿出防水的牛皮纸一层一层把它包起来，最后藏在了衣柜深处，"为了实现那一切，我会好好活下去。"

关上衣柜，我以额头顶着柜门似在凝听动静，好静，什么声响也没有，于是我去洗澡洗头，把自己抹得香喷喷的。

镜子里我的脸色还是憔悴，我打了一层粉底便下楼去超市里买了些食材回来，南冰差不多该下班了，我动作麻利地开始做饭，煲了玉米排骨汤，尝了一口很是清甜，两个月来食不知味的我顿时食欲大开，自己喝了小半锅，还是感觉饥肠辘辘，又盛了碗饭泡汤吃，原本做了三个热菜一个凉菜，西红柿炒鸡蛋太下饭，愣是被我一个人包圆了。

等到南冰回来的时候，我已经吃了有七分饱，面色红润不少。

我挺直腰杆，双手叠在桌面，无比端庄贤淑地望着南冰说："回来了，吃饭。"

她见了一桌热气腾腾的饭菜，故作警觉地盯着我，边坐下边坏笑着问：“老婆，你这是准备要跟我离婚了？”

我翻了个白眼，将筷子递给她说：“我是想重新开始过日子了。”

- 06 -

当晚，我重新打开QQ想要联系编辑请他们给我更多的活儿，由于《爱瓶子空心兽》这本书在市面上一时爆火，所以一登录就看到了许多约稿，也有约新书的，我又想起丁兆冬，多亏他委托的出版社做得一手好营销，我欠他的越积越多，好在也就此打住了，总有能还完的一天。

我一一回复了留言，还想要更多的工作，要把时间填满，便不会再胡思乱想。

隔天，我化了精致的裸妆去探望妈妈，我要使自己看起来精神一些，不叫她为我担心，她来家里看过我三次，每次我都像条咸鱼般横尸在床，后来她几乎每晚都打电话过来关心，全被我拒接了，她只能从南冰那里得知我是不是还活着。

我前脚刚进店门，身后就一辆车停了下来，走出来的竟然是提着工具箱的李乐意。

在他与我擦身而过时，我惊讶地问：“李老师，你怎么来了？”

“他经常来。”接话的却是在店里正坐着吃面的江子芸。

我一会儿看她，一会儿看他，也不知道该先追问谁了，我以为和丁兆冬断了联系之后，也不应该再见到江子芸了才对。

“上回李老师带学生出来写生，进来吃了面，见我们厨房里一张桌子歪了，说要帮我们修。”妈妈从里面走出来解释了一番后，冲我道，“你总算是舍得下床了？”

李乐意看了我一眼，在四目交汇时，我突然悟到了什么似的冲他警惕地皱起眉头，于是他便意味深长地挑了挑眉毛，回以我一个自行领悟的微笑，更证实了我的猜测：这老小子在追我妈！

怎么我妈总是对比她小的男人散发荷尔蒙？！我立刻在心里计算了一下，还好还好，李乐意一张娃娃脸特别误导人，其实和我妈也就相差六岁，女大三抱金砖，那这算是抱了两块，这事儿要成了，比她和周拓的事儿靠谱。

放宽了心的我在江子芸对面坐下，李乐意已经进了厨房，我对妈妈叫道：“妈，来一碗打卤面，多给卤——哎哟！”

她猛地一巴掌拍在我后脑勺上，眼角红红的，瞪着我，嘴里是埋怨却又溺爱的语气：“尽叫我操心，好不容易来一趟，就晓得指使你妈！还多给卤，你看你瘦得，给你整一整碗卤吃得了，还吃什么面呀。”

“妈……你真是……”我深情地看着她，咧嘴一笑，“艳福不浅啊。”

“说什么呢。”妈妈一愣，不明所以地伸手拧我的耳朵，疼得我吱哇乱叫。

江子芸拿我当拌饭料似的，边吸溜着面边含糊不清地鼓励：“阿姨，您再使些劲儿啊，她装呢。”

“去去，吃白饭的闭嘴。”我冲她努嘴。

“你才是吃白饭的，你芸芸姐帮我干的活儿顶十个你。”妈妈边维护江子芸，边朝厨房走去。

我探头往江子芸碗里看了一眼，嘟囔道：“哼，给你这么多肉。”

她把碗往自己眼前又拨了拨，夹起两块肉边嚼边说：“好久没见着你了。”

我答：“我和丁兆冬分了。”

她也不惊讶，迟疑了一会儿后说：“可是康儿已经不在了，没人会反对你们在一起。”

“康米还好吗？”我跳转了话题。

“好得很，能吃能睡，那缺心眼的货，都不知道自己的主人没了。”

“多亏有你照顾它。”

“光是它也就算了，我现在都成专业铲屎的了。”江子芸说，“丁总养了一条狗。”

我短促的一声：“啊？”

“他哪儿是愿意伺候狗的人，结果我的工作变得更多了。”

“哦……”我低下头，玩弄着一次性筷子，并不想过多涉及关于丁兆冬的话题。

江子芸吃完了面，抬起头说：“其实比起那些乱七八糟的女人，有你在丁总身边，我是放心的。”

“那要看你拿我跟谁比了。”我翻个白眼。“想什么呢，那些女人都是正经豪门大小姐，再不济也是个一线女明星，哪个不比你强？”

“那挺好啊。”

“但是她们都别有所图。”

“我也有所图，你知道我是为什么讨好他。”

“你图得少啊，就你那视野，能想到最远的也不过是买彩票中个五百万。”

“不错，你还觉得我值五百万，我以为在你眼里我最多顶一个十万的包。”我说，“我把他给我买的衣服和包都给寄回去了。”

“已经收到了。”江子芸一手托腮，冲我微微一笑，“他叫我全扔了，我当然自己留下了，Thank you very much。”

我双手抚着额头，劝自己沉住气后，抬起头回以难掩心痛的假笑：“不客气，提前祝你圣诞快乐。”

妈妈终于把面给我做好了端过来，江子芸和她寒暄了几句后准备道别，她站起身，一副欲言又止的样子转过身去又转回来：“你以后真的不再见他了？我还以为你很依赖他。”

“是很依赖他啊。”我说，“只是我和他之间不是爱情。”

“你挺奇怪的。”江子芸用手指在太阳穴边绕了两圈后，终于走出门去。

三三两两穿着蓝色制服的客人走了进来，他们是附近公交车站的员工，落座后就开始聊孩子的考试和补习费，还有上个月因为各种违规扣的工钱，以及这个月底谁谁家要摆月子酒，相互打探着准备包多少钱的红包。

他们点了四碗面，一碟炸灌肠和一碟拍黄瓜，要了两瓶啤酒，结账时以肉丝面有些咸为由要求我妈抹个零。

在他们用餐时，陆续有不少客人进来，大多是中老年人，店里座少，有些男人就站在门口抽一根烟等座，间或也有学生边嬉闹扭打着边撞进店里来，他们吃得多，一定会点个肉，很少见到女学生。

为了不占座，我早早就站起来拿过我妈的点餐小本子帮忙点菜，她于是在收银台与厨房之间来回奔走，服务员就一个，因为时间很赶，她桌子擦得不太干净，总是会留下一层浅浅的油腻，但是也没人计较。

厨房里时不时飘来呛人的葱姜蒜味儿，店里吵吵嚷嚷的却也不叫人心烦，那是一种类似家家户户边开着电视机边炒菜的白噪音，没了禾仁康也没了丁兆冬，失去了梦幻也不再有红底鞋，我回到人间了。

在死亡将我们分开之前，相爱的人就应该排除万难在一起，是天经地义的道理，南冰向海是双生一体，不可以分离。

第八章
Chapter - 08

- 01 -

不少人说，人生是越过越快的，如果十岁到二十岁之间有一百米的距离，那么二十岁到三十岁之间就只有五十米的距离了，而六十岁到七十岁之间仅仅只剩一步的距离，那么多老人坐在藤椅里一动不动地晒太阳，日复一日，坐下，再站起来，又一个十年没了，人生就这么疾驰到了终点站。

我妈现在四十好几的人了，还会突然如梦初醒般看着我，惊讶地感叹："你怎么这么大了？"她说刚生下我的时候，抱在手里，只觉得像是在做梦，明明昨天自己还是个背着书包上学的大闺女，今天就做妈妈了。

我还年轻，时间在我的皮肤知觉上应该流动得很慢才对，可是和丁兆冬分手后的这一年，却像是我现在坐在沙发上撕开一包薯片，三百六十五天随着"砰"的一声，在零点一秒之间过去了。

“你发什么呆呢？”南冰一条腿架在我身上，斜躺在另一头看电视，她用脚尖踢我，“过八点了，少吃点儿。”

我们在看电影频道重播了不知道有没有九九八十一次的《大话西游》。

“你看我胖了吗？”我拿起一片，停留在嘴边，迟疑地问她。

“我说了不算，你有种上秤啊。”

我于是吃掉手里的一片，把薯片袋子递给她说：“你没胖，你吃。”

只有每次望向南冰的脸，我才觉得时间从来没有流动过，真希望待到我临终时也能见到这张脸，那我一定会嗅到学校操场边枫树的气味，听见盖过知了鸣叫的上课铃声，一翻身就能跳起来，卷起校服的裤脚去上体育课。

南冰接过薯片却是扔到一边，即使屋里暖气开得很足，她还是把脚挤进了我屁股下面取暖，她说：“反正都要一肥方休了，我情愿你去冲杯热巧克力。”

“反正都是要喝了，热茶更好，刮油的。”我站起来。

她还盯着屏幕：“把手霜拿过来一下。”

“你长沙发里算了。”我拿起手霜转身扔给她。

“爱你，老婆。”南冰冲我飞出一个敷衍的吻。

北京的冬天干燥又冷清，室外狂风大作叫人精神抖擞却不敢逗留，一进了室内便被满屋子的暖意包裹，像是有双温柔的大手替人抖去了一身风雪又送上一床棉被，叫人能坐着就不站着，能躺着就不坐着，昏昏欲睡地寄生在沙发里和床上，把南冰这样活色生香的美女也变成了一个瘫着的老头儿。

南冰毕业那天不让我去，她怕我控制不住自己妒火横烧要撕她的学士服，而我还是买了一大捧花想去送惊喜，结果见到她几乎被花给埋了，各路学妹学弟那叫一个舍不得她，一个个争前恐后与她轮流合影的排场，好像明星的毕业典礼。

她在见到我时，立即甩下众人朝我走来，那种万众瞩目的感觉，仿佛大明星在红毯上突然公开恋情，我几乎快把手里的捧花当成是为她生的宝宝了，她把帽子戴在我头上，完全没有偶像包袱地笑出八颗牙齿搂着我拍了一张合影，成了我的手机屏保。

我的第二本书也快交稿了，托《爱瓶子空心兽》的福，现在我的约稿不断，也被人称为艾老师了，这本畅销书带给我的经验就是不要参考市场经验，一切流行的都会过去，没必要抱着功利心去钻研，想画什么就画好了，像是《云踪瑰迹》那般为了讨好读者而经过设计的作品，总是缺些真诚，属于先天不足。

新书叫《白房子》，依旧是成人童话风格的绘本，我描绘了两个小孩儿一起寻找幸福最后得偿所愿的故事。

“你最近有空可以帮我站台吗？”南冰接过我递上的花果茶。

我捂着胸口，惊恐地看着她反问：“站什么台？”

她无视了我的演技，懒洋洋地说：“服务员不够，你来顶几天。”

“给钱吗？”我在她身边坐下，自觉地把屁股盖在她脚掌上。

“艾老师还缺钱吗？”

“钱不嫌多。”

“大恩不言谢，只好陪你睡一觉了。”

“这话听着怪耳熟的……”我回忆了一下，“哦——”马上想起来是向海，但立刻闭上嘴。“咳咳。”干咳了两下，端着杯子掩饰道，“好烫。”

也不知道南冰意识到没有，还是她在装傻。“估计头些天，客人也不多，你可以带上电脑去店里画画。”

由李鸽出资，南冰管理的咖啡店终于快开张了，店里的装潢是南冰亲自设计的，白色和褐色石砖混搭的墙，原木圆桌、小牛皮椅，楼梯是黑铁框架，墙上挂着我奉献的水彩原稿，顶天立地的大落地窗，组成时下最热门的性冷淡风格，虽然南冰管这叫真他 × 性感风格。“我得安装无死角监控，以免夜里加班的员工把持不住要在店里乱搞。”她坐在棕皮沙发里严肃地说。

“行啊，要不要叫上许雯雯？”如今再提起许雯雯，南冰也无所谓了，所以我才敢开玩笑，“她现在也算得上十八线了。”

“她更不缺钱。”

“你开口，她哪儿敢要钱，给你站上一年拉客都愿意。”

“欠不起那么大的人情。”

见南冰的语气有些发凉，我立刻见好就收，心说：蚊子，别怨我，要知道这一年来我可是逮着机会就做和事佬，愣是圆不了这面破镜，只怪你摔得太碎。

- 02 -

许雯雯最后也没有和苏启旬结婚，我还一直胆战心惊地等着她叫我去当伴娘。

要知道瞒着南冰去参加她的婚礼，那我就算死罪能免，活罪也难逃，轻则负荆请罪，重则自断一臂，就在我斤斤计较许雯雯值得我付出多少时，就和南冰一起看见电视上出现了她的新闻。

那是刚入秋的时候，十五分钟的娱乐新闻里有三分钟提到了她。

出演了网络电影《墓穴追杀》的许安吉，因为大尺度的演出方式而话题爆棚，如今以网红之姿正式跻身电视剧转型成正经艺人，出演《再见流星》的女二号，与男一号传出深夜密会的绯闻。

这个男一号，曾经也是一线天王级的人物，如今年老色衰退居三线，好歹瘦死的骆驼比马大，我和南冰都觉得这回许雯雯是真要如愿嫁入豪门了。

不过这个绯闻也就传到了电视剧正式杀青后便没人再提了，想来也许是炒作，但我想井底之蛙见过了天高云阔，应该不会再甘心嫁给一个普通男人了。

- 03 -

All the way 咖啡馆开业当天，客人比我们预想的要多，我也与服务员们一起身穿淡褐色的围裙忙里忙外，南冰在楼上仓库和李鸽对账，所以我暂时抵上半个老板娘，所有工作上遇到的问题，大家都找我做主。

店门口的花篮密密麻麻、层层叠叠地排出老远，跟花界阅兵似的，引得路人驻足观看，这里面只有三分之一是李鸽的亲朋好友送的，其余全是南冰的追求者，我平时没跟在她身边，还以为南冰的泼辣是毒，肉体凡胎们都惦记不起，原来是金子总是会放光，是美人总是藏不住，说到底，还是因为她身边没了向海那只恶犬警告男人们惜命勿近了。

我一一翻过花篮里的送礼人卡片，没有向海的名字，有些失落。

有十个比人还高的花篮是许雯雯送的，不过她的署名是安吉，我想起妈妈的面店开张那天，她站在“正宗北京炸酱面”的招牌下面，举着手机和丁兆冬送的百合花篮自拍的傻样子，禁不住感慨地笑出声，又有些惆怅，一个人改头换面了，一个人不见踪迹了。

宴席总会散，有聚就有散，我回首见到南冰正从楼上下来，晃晃悠悠的心才算靠了岸，只要没把她弄丢，我这漫漫人生路就还能鼓起勇气走下去。

她下楼梯下了一半，突然停住了，视线锁定在门口，我于是回过身去一看，是许雯雯来了！因为店里没有空座，戴着墨镜的她双手抱在胸前一副傲慢的样子在听服务员解释，在她身后还站着一个穿黑衣的胖男人一直在看表，应该是她的助理。

我正想着要怎么把这尊佛爷请走，南冰已经来到了我身边："你去弄个座给她。"

"哈？"我先是一惊，接着像个狗腿子似的低声对她耳语，"那是许雯雯呀。"

"来者是客。"她淡淡地说，"免单吧，看在人家送了那么多花的分上。"

得了皇太后的令，我立即"喳！"一声，支使服务员去收银台后面搬出备用的一套桌椅，靠墙角放下，只是请许雯雯落座后，南冰便不见了人影。

许雯雯咬着嘴唇说："她还是不愿意见我。"

"好歹没赶你走。"我把餐单在她面前摊开，也坐下来忙里偷闲喘口气。

"杀人不过头点地。"她说，"我希望她能开个价。"

"行啊，你是赔钱还是赔命？"我打趣，"你的命，估计她也嫌弃没处用，我看你先拿个五百万试试吧。"

“去，有你什么事儿啊。”她招招手冲服务员随便指了指餐单上的东西后，似乎挣扎了一下才英勇就义状地问我，“要不，我送她一个包？”

“去，你觉得向海就值一个包？”

“去，去，去。”她冲我瞎挥手，“那不是没睡成嘛。再说了，大不了我赔她个更好的，现在老娘今非昔比了，四大小生那种级别的抛开不说，只要她点得出名来的演艺圈鲜肉，我豁出去想法子给她送床上行不行？”

我作势鼓掌，然后也八卦心起地问：“你现在还和演《再见流星》那个老天王在一起吗？”

“没在一起，那是为了炒作。”

“那你跟苏启旬没分？”

“没分。”

“原来你没有脚踏两条船啊，对你失望。”

她一笑：“踏了啊。”

我担心地问：“就不怕出事儿？”

“就是怕出事儿，所以我总得留个老实人当备胎吧？”

“先不管老实人上辈子造了什么孽这辈子总被人当轮胎吧，我就想问你眼睛视力还 OK 吗？苏启旬哪里老实了？”

“那是你接触的男人少，要对比来看。”

说话间，餐点也上齐了。

她往我眼前一推说：“你吃吧，我现在只吃草，还得跑，健身房每周都报到。”

我仔细打量她，胳膊腿儿都细得跟柳条似的了，仪态也比以前端庄了许多，看来是经过专业培训的。

“挺敬业的你。”我由衷地夸了一句后问，“现在应该挣得挺多的吧？

新闻里说的演员拿天价片酬的事儿是真的吗？”

许雯雯悠悠地叹一口气道：“是真的，但跟我无关，现在我还处于争取曝光度的阶段呢，哪里敢开口要价，也没比做网红时挣的多多少。”

虽然她做出疲惫的样子，但我听出了她语气中的得意，于是装傻充愣地接话：“啊？那你继续做网红啊，听说演艺圈水很深的，没必要去受那个罪。”

“啧！你懂什么。”她立即驳斥，“我好不容易才得到一个角色，你知道我吃了多少苦吗？”

“吃什么苦了？”我反问，“你当主播不是挺轻松的？红了以后马上就演了网片，然后又演电视剧？这一帆风顺的，北影听了沉默，中戏听了流泪。”

“我就是吃苦了！你只是没看见！”许雯雯急了，她怒目瞪了我一会儿后，见我一脸无辜，于是泄了气，沉默了一会儿，她掀起了双手的袖子。

许雯雯的一双手腕上有绳子捆绑后留下的痕迹。

我一时间没反应过来，她于是把袖子盖回去，淡淡地补充道：“钱老板弄的。”

“啊？”我好像懂了，于是捂着嘴，将信将疑地看着她，直到她点了点头，我确认了是我理解的那个意思。“你好猛啊。”我轻声感叹。

“不然呢？你以为我一个网红，怎么突然就能演戏了？”

“是之前打你的那个人吗？”

“只要我还能哄着他喜欢我，那我去演个院线片儿也不是难事儿。”她不置可否地说。

“苏启旬也知道？”我追问。

“呵。”她讪笑，“他还开车送过我去钱老板那儿呢。”

于是“他不介意？”这个问题，被我和着嘴里的蛋糕咽了回去。

“那……那你保重啊。”我没头没脑地说完这一句后，气氛一时凝结。我拿叉子拨弄着一小块纽约芝士蛋糕，最后叉起来，逗她说：“要不你吃一口，万一南冰在监控器里看着你呢，多不给她面子呀。”

许雯雯听了，竟真的左右张望，然后对着摄像头以无比挑逗的姿态舔着叉子吃掉了，媚是媚，这张人工雕琢的脸也确实美，可惜我不是直男，对着巨乳美女的搔首弄姿，我只想夺门而逃。

“你……吃就吃吧。”我被吓得有些口吃，“戏有点儿多。”

“Sorry，习惯了。”她捂嘴娇笑，我又一抖。

眼看着许雯雯开了荤似的双眼放光，又朝蛋糕伸出叉子，助理立刻冲上来制止，提醒她已经到了下一个通告的妆容时间。

许雯雯于是打包了一杯黑咖啡，又老生常谈地吩咐我在南冰面前帮她多说好话后，才一扭一扭地离去。

- 04 -

既然南冰对于我和许雯雯之间的来往，已经摆出了睁一只眼闭一只眼的态度，那之后我便正大光明与她频繁联络了。

有时候，许雯雯因为工作原因会得到一些护肤品与配饰的赞助，我都会往家里带，虽然南冰没有意见，但她还是碰也不碰一下，她俩一个专心仇恨，一个潜心讨好，各司其职，苦了夹心的我，路漫漫其修远兮。

“阿姨，你这家店不翻新一下吗？”许雯雯坐在我对面，一边用纸巾费老大劲儿地擦着桌子一边冲我妈说，“现在做买卖都讲究包装，你弄个 20 世纪 80 年代复古食堂的装潢，再取个动人的店名，比如说‘林阿姨下面’——”

“噗——”我一口面差点儿没半截呛在气管里。

她还在说"定价全部翻番，哪怕五十块一碗，只要餐具使得够有逼格，保管你卖！咱们年轻人吃饭，不要最好的，就要最贵的。"

妈妈坐在另一桌看着我们傻乐："哪能啊，这一带走出去十里地里能有上百家店，价格都差不多，卖贵了就没人吃了，还装修呢，我们现在能挣回本就不错了。"她盯着许雯雯感叹："雯雯现在是明星了，整个人气质也不一样了，看起来像换了一个人，真是女大十八变。"

许雯雯在附近拍戏，我刚好正在店里帮忙，就邀请她来吃面。她一进店里就热情地跟我妈打招呼，弄得我妈一愣一愣的，我才想起来没跟妈妈提前科普，这位是"以前上我们家吃过饭的许雯雯"。——她不准我提整容——所以我只能说："过了青春期后，她瘦了，变美了，现在改名叫许安吉，你在彩虹台晚上十点档的青春偶像剧里能看到她的戏。"

"妈，她现在要瘦，不能吃主食，你随便弄碟拍黄瓜给她就好了。"我对妈妈说，"我还吃炸酱面，多放黄瓜丝儿。"

"吃啊！怎么不吃？拍戏可以破戒，得有热量。"许雯雯冲我妈笑，"阿姨，我记得你做的炸酱面特别好吃。"

"成，五分钟。"妈妈站起来往厨房里走。

我看见许雯雯在接苏启旬的电话，于是起身跟进厨房帮忙打下手，现在不是饭点，厨师到后门去抽烟了，服务员也在午休。

- 05 -

我边从厨柜里拿出碗筷仔细冲洗边问："妈，艾铭臣最近没作妖吧？"

艾铭臣初到深圳时学的是计算机，没多久又说太难了学不下去，换了英语专业，然后因为背单词太枯燥了，又重新报了一个室内设计的课程。

他这些胡闹事迹，还是艾曲生告诉我的。

有时候经不住妈妈的劝说——主要是她唠叨起来堪比魔音绕脑的紧箍咒，我宁可去打个怪来换解脱——所以偶尔也会回去看望一下爸爸，给他做一顿饭。

在餐桌上，艾曲生总是絮叨自己有多穷，仿佛我每趟买菜买水果回来都是黄鼠狼给鸡拜年似的，他就差没明说春节他人不在家里别妄图要红包了。

当初为了叫他和我妈领离婚证，丁兆冬是给过他不少钱的，他用筷子一点一点地戳着桌面给我算账，说艾铭臣的学费是多少，生活费又是多少，等到他要交女朋友，每个月的花销更是会只多不少，已经掏干了他的棺材本。

明哲保身的艾曲生当然不会把存折底亮出来，就算不是全部，他也肯定把部分压力转嫁给我那个纯良过头便是傻的妈妈了。

“你们这么惯着他，真的会没完没了，你没给他钱吧？”面对我的提问，妈妈没有立即回答，我急了，“他不会又找你要钱了吧？”

妈妈模棱两可地回答：“唉，你弟弟啊现在又说不想学东西了，想去做生意。”

“你又给他钱？！”我立即炸出了小高音，“他哪里是做生意的料？”

“他是开口了，但我还没给。”妈妈心虚得不敢看我。

“轮不上你给！他应该找他爸要去。”我强压怒火，发出冷笑，“你们离婚，爸爸第一反应就是跟法院要求要把儿子判给他，没要我。”

听出我话里的难受，妈妈立即转过来看着我的眼睛说：“傻孩子，我要你啊，妈妈第一个要你。”她抬手想要摸摸我，却又因为双手上沾了些调料而尴尬地垂下去。

“你辛苦挣的钱，不能是为他挣的，就算你不为了你自己——”突然间，我心酸地一吸鼻子，倒也没哭，就是往事潮涌，没来由地特别心疼自己，我眼眶酸涩地瞪着妈妈说，“想想我，妈，为了你能过得好，我什么都可以做，我想要你有钱花，不是想要你拿钱去给别人花……”

这厨房里开的窗只有半米高，虽然换气扇日夜不休地开着，也拗不过屋里的葱油煎炸气味，人泡在这样浓度的空气里面，像是被一层油裹着，活生生陷入名为“日子”的泥潭里，拖泥带水，举步维艰。

妈妈转过身去继续炸酱，在呛人的油烟中直眨巴眼睛，愧疚地说：“艾希，我知道你吃了好多苦，妈妈对不起你。”

她这一委屈，弄得我更加难受，忙不迭地安慰：“别这么说，我也没有吃苦。”

“我这个做妈妈的，没能好好照顾你，反倒一直受你照顾，唉，天下没有这样的道理……”她笑起来，想以玩笑把话题遮过去，“傻孩子，你投胎真是没看好肚子呀。”

“别这么说，妈妈，你不欠我的。”我哄她，“作为妈妈，你已经很了不起了。”

她终于转过脸来看着我，很认真地说：“下辈子你要再做我女儿，我一定会努力在你出生前就当富婆。”

我笑起来，心里的酸胀感缩减了大半：“那我考虑一下吧。”

趁着气氛轻松了一些，关于艾铭臣的问题，我还是需要解决，不能让妈妈盲目地宠溺儿子，于是动之以情晓之以理地温柔劝告：“刚才我把话说得太重了，但是我希望你仔细想想，以艾铭臣那样没主见又老实的性格，他连自己想学什么都不清楚，你放心他去做生意吗？不是明摆着把钱往坑里扔？万一进了传销，钱丢了也是小事儿，人可能都搭进去。你最好和他好好聊聊，劝他回北京找个正经工作，家人就在身边，不比什么都好？什么事情都可以有个商量。”

“你说得对，你弟弟那个死脑筋做生意怕是要被人骗的，不合适。”妈妈认可地点点头，“你比我能讲道理，回头你好好说说他。”

我打开水龙头帮忙把晚餐时段的绿叶菜洗出来，其实刚才突然心里刺痛，并不是因为想起自己吃过的苦，比起那些勤工俭学的学生，节衣缩食的打工妹，我侥幸遇上了丁兆冬，在错综复杂的命运面前，也并没有多么肝脑涂地。

看着泡在水盆里的翠绿青菜，我想丁兆冬了，所以心脏有一阵儿短暂的麻痹感，遇见他，曾经以为是幸与不幸参半，现在想来是百分百幸运的。

也许我是患上了斯德哥尔摩综合征，曾经明明很抵触的，可是太习惯那个人的呼吸、和手掌的力道，如今许久没见，我好想念，仿佛我现在洗菜，只是一如往常要为他做一顿可口饭菜。

- 06 -

把两碗热腾腾的面端出来时，许雯雯也正好打完电话，她脸上表情不太开心，我料想是和苏启旬吵架了，也不想过问，对于这个男的，我保持劝分不劝合的坚定立场一百年不动摇，她从来不爱听。

“我们家启旬就是太不放心我了，这不，拍个戏都没出六环也非要过来探班。”脸上的阴云都还没散去，她也偏要秀一把恩爱，“好像我能跟别人跑了似的。”

“你没跟别人跑吗？都上过新闻了。”

“逢场作戏啊，演艺圈不都这样。”她道，“他现在都成老醋坛子了。”

“他肯定想看紧你啊，把你丢了等于丢了一本养老存折。”我还是忍不住提醒她。

“启旬不是小白脸，我给他找了工作，在影视公司里当策划。”

“月薪能有多少？够他每个月都换大牌的新款？”我翻个白眼，讽刺道，“上回我见他接你时穿的那件皮衣，靠薪水买一条袖子都不够，你要说你没养着他，我信啊当然信。”

许雯雯语塞，立即跳转话题：“对了，启旬说他看见向海了。”

- 07 -

“界限破裂”是家酒吧，是自我记忆初始便坐落于酒吧一条街的京城老字号，无论周边店面如何改头换面，迁走又迁回，它亘古不变地盘桓其中，仿佛比我岁数还要大一轮。读书的时候，我和南冰、向海他们用假身份证在里面畅行无阻地假装颓废成年人，真的长大以后反倒不去了，因为里面的设施不曾翻新过，随便一家新兴酒吧的硬件、软件都能把它往旧事尘埃里封杀，奇诡的是它偏不倒闭，背后似有无数京城老少年在用情怀将它供养。

苏启旬和同事去喝酒时在里面见到向海了，还听酒保说他几乎每周五都去，因为挥金如土被流连其中的外围女们唤作向老爷，但他每次去也只是喝酒、请客，从来没带走过一个女孩儿。

我想他会固定那个时间去是因为怀念南冰吧，以前我们都是周五晚上去那里看演出，南冰迷上一个地下乐队，她曾经还被邀请过上台和主唱一起合唱，那五分钟里我和向海就像她的迷妹迷弟，为了能盖过所有人的声音，奉献了撕破嗓子的全程不换氧尖叫。

这家酒吧面积不大，我一眼就见到半个身子都在沙发外挂着的向海，一双长腿仿佛被卸下来似的瘫在地面上，他身边有四个在豪饮的女人，其中一个大大方方地掏出他口袋里的钱包冲酒保挥手，还有一个边哭边抱着他的头亲吻他的头发。

至于向海，难以形容他是活着还是半死，他脸通红，眼睛直勾勾地瞪着，酒瓶对着嘴像是不用换气般麻木地往嗓子里猛灌，有个女人往他怀里钻，吸血似的在吸吮他的脖子，而他却灵魂出窍般对周遭的一切充耳不闻，麻木不仁。

舞台中央，粉色短发的姑娘正在唱《水妖》，是南冰与关诚在地铁中相遇时的背景乐，在此时此刻听到这首歌实在是讽刺，有时我会假使他俩之间那一段从不曾发生，也会有别的人取代关诚进入南冰的生命旅程，结果却永远也不会有结果，因为南冰被一层琥珀包裹，能解封的只有向海，她总是极力走向别人，却又更加固自己的外壳，最后别人也只能沦为别人，没人能取代向海。

为什么要来找他？我也不知道，就想看看他还好不好，想问问他以后怎么办，又或是我想告诉他，别放弃南冰，因为你俩注定离了对方不能独活，人生苦短，世道艰难，我不想看你们支离破碎地行走。

“向海。”我走到向海面前，用脚狠狠踢他的鞋尖，“为什么打你电话不接？”

他继续灌酒也不看我，倒是身边的女人迷离又轻蔑地瞟了我几眼后，继续好像树藤化的妖精般缠绕在他修长的身躯上。

“别喝了，跟你说话呢！”我上前去夺走他手里的酒瓶，扔到地面上一堆空瓶子里，“照你这喝法，是要出人命的，你想死啊？”

难得有个齐刘海女人强打精神地眯着眼跟我说话：“你谁啊？向老爷认识你吗？丑八怪，滚。”

“我丑？！”我一口气没上来，“你才何止是丑，你简直是——丑啊！”太久没骂人，稍微有点儿词穷，但我马上回忆起了南冰的种种嘴炮，“你丑得能靠脸避孕！你活到老丑到老，还想当狐狸精——你就一蛤蟆精。”

“你……你……”女人气得哆嗦，拉起身边一个女人企图联手扑过来，但她们喝得太多了，直线都走不好，狼狈地扑了个空。

舞台上的姑娘换歌了，真是讽刺大招二连发，她竟然在唱《新房客》，顿时禾仁康就站到了眼前，天旋地转，我滴酒未沾却醉生梦死，她在唱：“我说你好，你说打扰，不晚不早千里迢迢，来得正好，哪里找啊哪里找啊……”

那个能引发海啸的雨夜，那张在房车里难以伸展手脚的小床，禾仁康好像一只黑豹从我的脚尖爬上我的腰，我们亲吻、拥抱，关心一只怪兽的爱情——

空心兽终于懂得了爱，而我把心爱的人弄丢了，再也找不回——

在死亡将我们分开之前，相爱的人就应该排除万难在一起，是天经地义的道理，南冰向海是双生一体，不可以分离。

越想越觉得我应该替天行道，于是爆发神力。“滚开！你们这些妖魔鬼怪都是什么玩意儿？都滚开！”我一手一个提着妖精们的后脖领往身后甩，“这个男人是有主儿的，他是南冰的，你们这些货色还想高攀，你们连南冰剪下来的脚指甲都不如！”

也许是听到南冰的名字，迷迷瞪瞪的向海终于回了一些魂，他看向我，在我靠近时，好像三岁孩子向母亲伸手要抱抱。“南冰？南冰啊……”他以哭腔笑着撒娇，“老婆，你还要我啊。”

长大的路，是千难万阻的，做孩子虽然随心所欲，却只能依附他人，也只有大人，才可以随自己心愿去得到想要的东西。

第九章
Chapter - 09

- 01 -

活着有好多不如意，孩子总是不懂大人为何叹息，曾经我也天真地以为逆水行舟，事在人为，世上所有恋人的离别多是因为情之所到不真亦不深，若是你侬我侬的缠绵，无论山崩与战马还是火山与枪炮，都阻止不了他们水深火热也要在一起。

直到我一天天褪去年幼无知的羽翼，才知道能飞的是鸟儿，而我们是人，爱而别离，恨却相守，竟是我们身不由己的选择，因为在爱之外，我们要背负的比鸟儿多，我们要活得比鸟儿长，我们不能只是照顾好自己。

南冰与向海不是天灾人祸能分开的，他们不能在一起，竟是因为尤为复杂难堪又滑稽可笑的悲剧，向海一遍遍地问我：“那我能怎么办？”

我不是没设想过，向家就他一个孩子，他们家又指望他继承家族产业，那我出个主意叫儿子把爸爸送到警察局，基本等于宣告要把他家搞到家破人离，然后呢？向海告他爸在数年前强奸他的女朋友，可是证据也早没有了。

要么我叫他和亲爹撕破脸？闹个天翻地覆后离家出走和南冰双宿双飞，可是向海生活奢靡全倚仗家庭背景，直白地说，他算是一个除了美貌一无所有的废物，王子和公主是轰轰烈烈在一起了，那之后漫长的柴米油盐的生活，却比一场速战速决的赌命厮杀更考验爱情的保质期。

即使给不出答案，我还是中了邪般一遍遍重复："你不能就这么放弃南冰。"

向海双眼迷蒙地看向我，因为很久没打理头发了，额前的刘海几乎戳进眼睛里，多亏这张出演 A 片也能拿奥斯卡最佳文艺片的俊脸，好像这一个乱糟糟的发型是由日本知名发型师专程飞过来为他设计的。

"好啊，你去劝劝她，别放弃我啊。"他轻浮一笑，仰头举起酒瓶。

我把酒抢过来。"你们是天生一对。"说完，我仰头喝了一半，还想逞能，太苦了，狼狈地呛了一口后把酒瓶扔到一边。

"喊。"他轻蔑地瞟我一眼，手快把酒瓶捡了过去，一饮而尽，"我对不起南冰，我不想碍她的眼。"他恍恍惚惚地看着天花板说："你说得对，我们是天生一对，如果她要嫁人，我是要杀人的。"他说完又苦笑："可是我又有什么资格？"

"除了你，南冰不会嫁给任何人的。"我的话语苍白无力。

"如果没有我，南冰可以幸福的话，我愿意死一万次。"向海的胸膛起起伏伏，仿佛每一个字都是临终遗言般要用尽肺里全部的空气，"可是……可是……发生了就是发生了，她不会失忆，即使她会失忆，那些伤害也实实在在地存在，我想修也修不好，我也不知道该怎么做……我要怎么叫时间倒流？"

在酒气冲天迷人眼的昏暗光线里，向海一会儿笑一会儿好像缺氧般大口喘气，他犹如在海上漂，见了海市蜃楼，又见了电闪雷鸣，渐渐乱了神志，每一次咧嘴大笑都是回光返照。

舞台上的姑娘终于切歌了，开始唱*Young and Beautiful*，向海用牙嗑开一瓶新的酒，用瓶口远远地指着她坏笑："看到那女孩儿了吗？关诚的表妹。"他喝一口后轻描淡写地说，"我跟她睡了一次，我们处得很开心，还拍照发给关诚了。"

我一听，一怔，条件反射地一巴掌打在他脑袋上，向海手里的酒瓶也飞了出去。

他一愣后，惊喜地看着我说："哟，你还晓得打人了，跟南冰学的吧？就是这力道不如她。"他笑嘻嘻地弯下脖子，冲我指着后脑勺说："再打我一次，照这儿，狠狠打。"

我骂："你太贱了吧！事到如今，你还玩女人？你对得起谁啊你！"

"嚯，我需要对得起谁啊？"他嬉皮笑脸地凑上来，"就告诉我——"他突然变脸，凶狠地冲我怒吼，"我他×还需要对得起谁啊！"

我是个曾为鳄鱼剔牙、为老虎梳毛的人，向海再如何咆哮，对我来说也不过是个挥舞着匕首的孩子，只有丁兆冬压抑的背影才足以叫我颤抖，向海最多乱刀捅死我，而丁兆冬的怒火是碾压式的，沉默、缓慢，从脚踝直到压碎头颅。

"南冰啊。"我淡淡地回应。

"她已经不要我，不管我了。"向海捏着我的脸，整个人俯身贴上来，眼神凶狠得仿佛要咬破我的下唇，他恶声恶气地说，"就是我睡了你，她也不会多看我一眼。"

"别把自己看得这么了不起。"我也无所谓他是不是要吻上来，反正我和他都已经不是什么善男信女，躲也不躲地冷笑道，"我是你睡得起的吗？”

“牛 × 了啊，艾希，现在都不会发抖了。”向海自讨没趣，酒劲儿也上来了，于是放开了我后整个人软绵绵地往后仰躺，“不知道是谁把你调教成这样的，真是高人。”

我说：“就是一个普通男人，比你像个爷们儿而已。”

“是啊，最不是东西的就是我。”他也不反驳，乐得轻松地又灌下一瓶酒，“你走吧，小心不像个爷们儿的我搞你，没有南冰，我只想找乐子。”

我一动不动。

他突然把酒瓶子往地上一掷摔得粉碎，歪歪斜斜站起来说：“× 的，扫兴。”

- 02 -

我跟在向海身后走出酒吧，心里还在盘算着该怎么劝他再去试试与南冰和好，现在是凌晨，月朗星稀，视野翻过密密麻麻聚集在巷子里的店铺，可以见到路灯五十米一盏，把暗蓝色的夜幕渲染成赤褐色的沙漠。

向海没走几步就停下了，因为关诚带着三个男人站在前方堵他去路。

许久不见的关诚剃了耳朵两边画出两条道儿的那种圆寸头，左边眉毛也剃了一道成为断眉，衣服倒依旧是那身机车皮衣和破洞裤子，他从昏暗处走出来时，犹如带着狼群的头狼，不怀好意的眼神也摆明了他的来意，为了狩猎向海这个喝醉了的傻大个。

“哟，我刚想说好狗不挡道，原来是关诚哥哥啊。”向海打了个酒嗝，挥了挥手，“你来捧场好妹妹唱歌的是吧？”

关诚已经在把拳头捏得咯咯作响了，我警觉地往后退了一步，轻轻喊了声：“向海！”以警告他有危险，快停下。

向海这头光有个头只会贫嘴的大狗熊，还左摇右摆地朝狼群走。“你喜欢我给你发的照片吗？”他嘴巴里还不忘挑衅，真是找死就趁天黑，“为什么不回复我呢？如果你不喜欢，我可以和好妹妹重新拍一套。”

“去你 × 的！”关诚一声暴喝，一拳头抡圆了狠狠砸在向海的脸上，如了这白痴想去死的愿。

向海整个人像是被踹出去的皮球般撞在贴墙放置的垃圾桶上，当他跌坐在地时，人也埋在了一地垃圾里。

“向海！”我扑向他，试图拉他起来，可是这人太沉了，也不肯配合我的力道，雕塑般死沉地陷在地里，捏着下巴傻笑。“你站起来！别笑了，你要蒙别现在行不行？”

“你怎么在这里？”关诚面无表情地指着向海对我说，“你是这垃圾的新炮友？”

“你嘴巴放干净点儿！”我瞪他，“我是他的朋友，你知道我也是南冰的朋友。”

“那你更应该走远些。”关诚笑了，“别妨碍我替南冰教训这个到处骗炮的傻 ×，你该感谢我，替我告诉南冰，别客气。”

关诚说完，不顾我的存在，飞身上来又一脚狠狠踹在向海腹部。

我由于惯性摔了出去，再爬起来时，看见另外几个男人也围了上去，仿佛在踢沙袋般猛踹蜷在地上的向海。

向海那个傻 × 却只是笑。“没吃饭啊？咳咳——哈哈哈——打啊！用力，像老子干你妹妹那样才叫有劲儿！咳哈哈——”他又笑又咳的，话也说不顺畅，还不忘加快自己的死亡速度。

“我 × 你 ×，你以为你很牛是吧？！你就是一个只会玩女人的废物，你长着脑子还能有什么用？你就是一条一年四季发情的狗，你以为真的有女人跟你认真？他们看上的是你的钱，没了钱，你连狗都不如，不，你就是一条狗，天天发情的狗！”关诚被激怒得每一脚踹下去都仿佛宰牛般发狠，“南冰为什么不要你？因为你太他 × 脏！”

“别打了，会死人的，我要报警了！”我作势掏出手机，可是眼前几个男人的动作却丝毫没有迟疑，我于是冲上去使劲拖关诚的手臂，“你们四个打一个，算什么男人？你这个孬种！”

关诚应了我的激将，甩开我后，拉开了兄弟们，自己拽起地上的向海，一只手好像镣铐般揪着他的领子，一只手一下一下地猛揍早已经鼻青脸肿的向海。

见向海双目紧闭也不还手，也不知道是不是已经失去了意识，我掉头跑回酒吧。

等我把唱歌的姑娘叫出来时，向海又重新躺回到地上了，关诚还骑在他身上打。

“哥，你干什么呢你！”姑娘跳到关诚后背上，劈头盖脸地拍打他，“你疯了，你打他干吗？”

那三个男人见了她说：“九妹，你哥替你出气呢。”

“出什么气？”九妹双手圈紧了关诚的脖子，拽得他整个人往后仰。

“我妹被狗杂种玩了。”关诚终于离开了向海，他冲九妹道，“我替你做主。”

“你有病啊，你骂他狗杂种，那喜欢上他的我是什么东西啊？”九妹并不领情，一拳打在关诚胸口，“我这么大个人了，想和谁好不用你管。”

“他玩你的。”关诚脸红脖子粗地指着地上半死的向海，“你知道他拿你当什么东西吗？他睡了你只是为了气我——”

“那也不关你的事儿，老娘愿意跟他睡。”九妹心疼地瞟一眼向海，“你打他你问过我了吗？”说完又怒瞪另外三个男人，“又有你们什么事儿？”

虽然九妹并不领情，但关诚打得也足够尽兴了，他喘着粗气，额上全是汗，于是转过身去，拉开了裤子拉链，九妹见状要扑上去阻止，被身后的男人们拉住。

关诚在向海小腿上撒了泡尿，得意扬扬地说：“你看看你现在这德行，垃圾就应该好好待在垃圾桶里，离我妹远些，你身上的臊味儿会熏到她的，废物。”

所有人离去后，我终于可以上前去检查向海的伤势，夜幕如尘，灰蒙蒙的，带着叫人掩鼻的土腥味，他的呼吸均匀，双眼死不瞑目般笔直地越过我的肩膀凝视着月亮：“艾希……”

“嗯？”我已经在拨打急救电话，边安抚他，“乖乖躺着。”

“我是不是真的特别没用？”他突然哭起来，完全不像个男人，双手抬起来以手臂遮着脸，号啕得像迷路的三岁孩子，恨不能把街道都拆了好找回那条回家的路。

我长长叹一口气，轻抚他被汗湿透的头发——

向海啊，你真的还是个孩子——想要找回南冰，你就应该长大了。

长大的路，是千难万阻的，做孩子虽然随心所欲，却只能依附他人，也只有大人，才可以随自己心愿去得到想要的东西。

- 03 -

等向海在医院的病床上醒来时，已经是隔天下午近黄昏，他的额头和脸上贴着方方正正的两块纱布，为了固定住它们又从头顶到下巴缠了一圈，看起来像是战场上下来的伤兵，不过关诚也确实下了狠手，向海的右边胳膊因为骨折打了石膏，他站起来走路时有些一瘸一拐的，医生说腿肚子里有瘀血，散了就好。

我搀扶他打车回家，才发现他换了住所，想想也是，得知了那样丑陋的往事后，向海不可能再和自己的父母住在那栋房子里。

现在这套坐落于朝阳区的高级公寓是四室两厅的格局，几乎没有家具，看装潢像是买了精装修后真的就“拎包入住”了，完全没有改装，客厅中央很奇怪地放着一张床垫就当是床，并没有电视机，衣服乱七八糟地摊在地上，好在浴室和厨房里设施齐全，打开冰箱也能看见里面有些许速食食品，整间屋子里的日用品与摆设似乎只为保证达到人类生活的最低需求。

向海进了屋就躺倒在床上一动不动了，我跟他说话也不搭理，于是我下了楼去附近的超市买了些菜和调料，回来时见他还是躺着没动，但也没睡，就那么活死人似的瞪着眼睛发呆。

切菜的时候，我有种在给丁兆冬做饭的错觉，锅子里咕噜冒泡的煲汤声和平底锅煎蛋时的嗞嗞作响声，都像是一首令人怀念的老歌。

我不自觉地哼起了混乱的调子，并不是哪一首确定的歌，盛饭时，我照例给自己盛了半碗，给丁兆冬盛了结结实实的一整碗，因为他很能吃。回过神，我想起来这里是向海家，倒也无所谓，男人就应该吃两碗饭，于是转身把饭菜端出去。

因为没有桌子，我直接把三菜一汤放在床垫边上，拍了拍向海道：“吃饭了。”

他饿了一天，饥饿驱使他的身体很是听话地坐了起来，盘着腿，端起碗，埋首吃，很快把饭菜都一扫而空。

眼看着他又要倒下去，我赶忙拉住说"你太脏了，先洗洗，换身衣服。"

我把向海拉进浴室，他像是没了魂的傀儡般听我指令开始脱衣服，我把浴缸里蓄满水后打上泡泡，然后背过身去等他脱完，听到入水声再转过来，打开莲蓬头给他冲洗头发。

"你该剪头发了。"我边揉泡沫边唠叨，"啧，你多久没洗了，都搓不起泡。"

他身体太长了，弓背坐在浴缸里，下巴能搁在膝盖上，端着打了石膏的手臂，一言不发的样子看起来特别委屈，像是刚从学校受了气回来的小学生。

"我觉得这场景以前好像发生过？"我边搓揉他的头发边回忆，然后笑了，"对对，南冰也这样给你洗过澡。"

他动了动，水波轻轻荡漾，溢出来了一些。

把泡沫冲干净后，我把他的刘海整个捋上额头，总算是把这张叫女人们意乱神迷的脸给洗通透了，如果他活在古希腊，会有雕刻师为他立像，有吟唱者为他写诗，贵族王室们会用鲜花把他供养起来，然后我会在神话故事里认识他。

他读高中那会儿已经很帅了，那时候可以称之为小鲜肉，而现在要更线条分明，轮廓硬朗，已经是惊为天人的美男子了，和过去对比，就像是一本日系娱乐杂志边上摆了一本欧美时装杂志，他皮囊之下的骨骼已经被岁月精雕成了最工整完美的艺术品，可是皮囊之上的稚气还在，像是灵魂追不上身体的成长速度。

忽然间我意识到问题出在哪儿了，我和南冰，甚至许雯雯和王子睿，还有杨牧央都在往前走，唯独向海留在原地了，他还是那个高中生，以为一切事在人为，未来一定亮亮堂堂。

“你想回到过去吗？很久以前的过去，在你和南冰分手之前，在我们还是高中生的时候，我有时候会想……也就是想想，毕竟是回不去的。”也不知道向海有没有在听，我情不自禁地自言自语，却也是认认真真地说给他听的，“再不做些什么的话，等你老了，也许今天这一刻，你也想回来。”

- 04 -

给向海吹干了头发后，我满意地拍了拍他的粗胳膊：“香喷喷了。”因为他垂着头也不说话，我于是像对待宠物狗般朝床垫努了努嘴，示意他可以睡了。

又收拾完了餐具后，我擦干手，整理好自己的包说：“我走了。”

他穿着简单的T恤和柔软的居家裤，突然从身后贴上来，带着沐浴乳的香气，他双手轻轻地圈着我，让我有种被大型毛绒玩具拥抱的感觉。

“你今晚别走了好吗？”他的脸蹭着我的脖子，语气极为暧昧。

我叹口气，面对这个同龄人，我竟感觉自己已经四十岁了，于是无奈地笑笑，拨开他的手，他却锲而不舍地抱上来。

“别闹。”我挣脱他，转身与他四目相对。

也许因为我曾经有一次没抗拒他的吻，此时的向海没料到我的反应会这么大，他双眼一颤，竟流露出小动物般的惊恐神色，继而又有些恼羞成怒地逼近，单手撑在墙面将我圈在他胸前。

“艾希，我感觉很不好。”他的眼圈发红，呼吸灼热，“我现在需要你。”

“你需要的不是我，也许你需要随便哪个能叫出来陪你的女人？”

我皮笑肉不笑地说，“然后你又会发现，你也不需要她们。”

他涨红了脸，生气地抬起左手猛地拍一下墙面，我条件反射地缩了一下双肩，他又立即变得温柔，边靠近我的嘴唇边说着他惯用的情话，“现在我想要你抱抱我，现在对我来说非你不可。”

“向海……”我只是叹气地别过脸。

他以手指轻抚我的脸庞，以结实的细腰轻柔地顶着我的小腹，以足以引诱夏娃吃下禁忌之果的低沉嗓音对我吐着蛇芯子：“你对我来说可不是一般女人能比的，别躲好吗？”

在能见到他唇齿间湿润发亮的粉色舌尖时，我失去了耐心，抬手一巴掌甩在他的脸上道：“别撒娇！”

向海蒙了，像是被最温驯的布偶猫咬了一口似的，满脸不可置信地后退了两三步，然后捂着脸坐在了地上。

“你不会又在打算和我发生了关系以后，去气南冰吧？拜托，你这行为已经不是幼稚是蠢了，长点儿心！”我一脚踢在他膝盖骨上，恨铁不成钢地吼，“你现在的所作所为并不能把南冰拉近你，只能把她推得更远。”

他被我踢得委屈地盘起一双长腿，抬起脸看着我把嘴巴撇成一个倒弧形，像个不过是把颜料洒在地上的小男孩儿，而我则是个有暴力倾向的坏妈妈。

向海受欢迎的原因，正是因为他有着成熟男人的外在，又有着孱弱少年的灵魂，他是行走的荷尔蒙，却没有散发会让女人感受到威胁的危险气息，似乎在任何时候，她们都可以对他说“不”，而他也不会强求她们做违心之事，因为他体内的小男孩儿其实对性事并不感兴趣。

他睡了那么多女人，只是为了吸引南冰的注意力，仿佛孩子邀功般，他费尽心力毁了家，只为用木材搭起一座新房子。

“我只是觉得累了，该做的我都做了。”向海消沉地捂着上半张脸，深深地低下头去，“你根本不会懂，我感觉……我没有活着，我是可以走路、吃饭、睡觉，可是我感觉自己身体里面被冻起来了，我只是在走路、吃饭、睡觉……”

“我怎么会不懂？”我冷笑，说完后才注意到自己的语气冰冷，像是在盛夏时猛地拉开冰箱冻格，潮闷的空气被冰刃刺啦一声地划开。

“你怎么可能懂！”他又冲我吼，仿佛以我为靶心发泄怨气。

我蹲下来，强硬地以双手捧着他的脸，迫使他看着我。

“我当然懂。”我冷冷地陈述一个事实，“就像是你爱南冰一样，我也爱上了一个人，然后他死了。”

他的瞳孔一瞬间放大了，眼白立即布满了血丝。

“他就死在我面前。”我笑得有些阴森瘆人，因为说出这样的话有着自残般的快感，“而我对他说的最后一句话是：你不要再胡闹了。”

他闭上眼，眼泪涌了出来，盛满了我的掌心。

“我花了很长时间才能正常地走路、吃饭、睡觉，但我也只是在假装正常而已，我知道我的心已经坏掉了，你说你里面被冻起来了，可是南冰还活着，你还能有融化的一天，我的心也还在跳动，可是彻底坏掉的那一小片空洞，无论多热的血也流不进去了。”我抹掉他脸上的泪，“你爱她，不要放弃她，趁你和她都还活着。”

向海的身体前倾，又试图来拥抱我，而我躲开了，并用力推了他一把。

“你不能总是做一个等着别人来安慰你的孩子。”我站起来，看着半边身体躺在地上的向海说，“南冰需要你，但她需要的是一个站在她身边的战友，她不需要一个拖累她的小朋友。”

他只是转过身去不住地无声抽泣，像是搁浅在沙滩上濒死的海豚。

我身体站得笔直，却感到虚弱乏力，在离去之前，我最后望一眼他无助的背影，语气之中难掩嘲讽地说："你说南冰不要你了，你也要看看现在的自己是不是配得上她。"

- 05 -

那之后我没有再试图联系过向海，无论是酒吧还是南冰的咖啡店外，都没见过他的踪迹。见过他那副烂泥糊不上墙的窝囊样后，我不想再把他推向南冰了。

南冰正在店里忙碌，我边画画边时不时抬头看她是否需要人手帮忙，这张放在角落里刚好能容纳笔记本电脑的圆桌是她特意为我安置的，她实现了很久以前的承诺，如果她拥有一家咖啡馆，里面永远都留一张桌子给我。

当她清闲时便会扫视店内一周，与我对上视线，窗外的阳光快速游过每一张桌面，米色条纹桌布以及还剩半杯的咖啡，最后总是会留恋地停留在南冰的周身，仿佛穿过层层叠叠的绿萝只为追踪她的一举一动，这个自带柔光的女人冲我一笑，我就想双手合十，顶礼膜拜，向海配不上她，至少现在配不上。

在南冰没有遇到能与她并肩作战的男人之前，我可以为她保驾护航，像她这样有能力的女人不应该有累赘，我希望她心无旁骛，飞得又高又远。

"你画完没有？"南冰来到我对面坐下，拿起叉子吃我剩下的大半块蛋糕，"不好吃吗？"她尝一口，皱眉，"看来还是得换供货商，便宜没好货。”

“画完了，和编辑说封面的事儿呢。”我把电脑合上，与她瞎聊，“为什么不自己做甜品？”

“要添设备，成本也不划算。”南冰思索道，“不过我真准备和李鸽商量一下，还是独此一家的口味更有竞争力，我们的咖啡豆已经不输给任何一家店了，还跟人用同样的渠道进货，拉低档次。”

我逗她：“别这么卖力，你别忘了老板是李鸽，你在替她挣钱。”

“有人肯花钱为你置办实验室，我卖力，她承担风险，多好。”她笑，“我这累积的可是实战经验。”

“你现在跟李鸽待一起的时间比跟我都长了有没有？”

“怎么，大老婆吃醋了？”她挑眉。

“不然你以为我每天坐在这里是为什么？为了这口蛋糕里的糖精啊？”我托着下巴，以眼神示意她回头看正在擦拭玻璃却不断往这边偷瞟的一个服务生，“那个虎牙男蛮帅的，他是不是对你有想法啊？老扭头看你。”

“谁对我没想法啊？”南冰也不回头看，她高傲地抬手弹我的鼻子，“最有想法的就是你。”

我故作悲伤地叹息道：“您说得对，只是我到死都等不到您南笔直小姐弯那么一下的，只能由衷祝福你找到一个好男人了。”

“我不需要。”南冰换了个坐姿，叠起了她那一双破坏了透视结构的非人类长腿。

见她这副抗拒的样子，我也就识相地不再试探她的感情问题了。

“我靠，不是吧？快看微博！”隔壁桌坐着四个挂着工作牌的上班族，其中一个齐刘海女生拿着手机对另外几个尖叫，“许安吉被爆整容又坐台欸——”

听到许雯雯的艺名，我和南冰都竖起了耳朵。

其他三个女生也拿起手机滑动屏幕，嘴上有一搭没一搭地聊着八卦，“那女的一看就是整容脸啊，又不稀奇。”

其中一个说：“但是坐台是谣言吧？传了好久了。”

刘海女生兴奋地说：“这回有证据，有图有真相，你们快看哪——”

“什么啊，我对她又不感兴趣，演技烂得跟坨屎一样，还没完没了地拉 CP 炒作。”抱怨的短发女生戴着眼镜，似乎并不关注娱乐新闻，她边百无聊赖地看着手机边慢慢瞪大了眼睛，“这是不是她啊？哦？照片还挺多……”她的声调扬了起来，“哎？我去，好露骨啊！竟然是真的，这回她完了。”

再漫长的一辈子，和最合适的人一起度过也是很快的，这就老了啊，总觉得我们还没处够呢。

第十章
Chapter - 10

- 01 -

最好的关系不需要刻意经营，抱着“一辈子”的决心去谈的恋爱、去交的朋友，通常都不会好一辈子。大家在一起真的过得开心，是不需要去熬日子数着纪念日的，通常是一起吃火锅时猛地回想起来：“我靠，我俩在一起有十年了。”

再一转眼，就是在搓麻将时、跳广场舞时，甚至都坐在轮椅上时，一抬眼，发觉自己熟悉的脸已经布满皱纹：“老伙计，没想到我俩能好一辈子。”

再漫长的一辈子，和最合适的人一起度过也是很快的，这就老了啊，总觉得我们还没处够呢。

天下人有聚有散是常态，不过真正能携手共进的朋友即便中途走散了，绕了一个大圈子也还是会回来的，像是一种引力，毕竟这世上每个人能分配到的朋友都是有限额的，比如许雯雯，即使她与南冰之间的裂隙再难缝补，我也觉得我们之间的缘分还没散尽。

“许安吉丑闻”在互联网上爆发了一周后，许雯雯战战兢兢地出现在了南冰的咖啡店外，果然我们姐妹终会重聚，只是没料想到是以这样的方式，她绕的圈子不仅是大，这一路上更是鲜血淋漓。

- 02 -

许雯雯的坐台照片一共曝光了十二张，都是同一天同一个时段的，昏暗的包间里，她穿着银色的抹胸裙，与六个男人坐在一张沙发上喝酒、唱歌，现场还有两个女人，但显然她们不是镜头对准的主角，并没有清晰的正面入镜。

男人们无论面目表情还是肢体动作都很猥琐，有一个人把手伸进了许雯雯的胸罩里，而最不堪入目的那一张照片是许雯雯裸着上身，被一个人嬉笑着用双手从身后为她遮挡着关键部位。

这时候的许雯雯还没有完成整容，只是割了双眼皮、垫了鼻子，浓妆艳抹又风尘气十足的她，和现在化着精巧妆容又受过艺人培训的许安吉，其实从气质上很难第一眼联系到一起，如果经纪公司的公关给力，粉丝也愿意力挺的话，还是能够将许安吉与这些照片撇清关系的。

不过许雯雯并没有粉丝，她坐拥的是“看笑话的人”，而放料的人应该也预估了经纪公司可能采取的行动，所以除了曾经坐台之外，这个人还向媒体爆料了许雯雯整容前的一些生活照片，一些微博八卦号将她过去和现在的容貌摆在一起进行详尽对比，更证实了那个半裸女人就是如今的话题新人许安吉，于是料上加料成了整容加坐台的双重丑闻引爆，杀得许雯雯的经纪公司措手不及。

“许雯雯的微博一直没有更新……”这些天，我很关注这件事情的最新进展，所以坐在家里的沙发上总是在看手机，我担忧地说，“不知道她还好吗？”

南冰抱着一碗杧果走过来，边坐下边说：“肯定没事儿啊，那么多明星整容又约炮的，还不是照样在圈钱。”

“你不知道喷子们在她的微博下面骂得多难听。”我做出恶心状说，“换了是我每天被成千上万个人这样骂，可能早就跳护城河了。”

南冰边剥杧果边看着电视屏幕，漫不经心地说：“明星嘛，能承受多少就赚多少钱。”

于是我把手机递到她眼前，慢慢滑动屏幕给她展示了几条热评，那是些毫无逻辑的谩骂、最恶毒的诅咒形成了流着恶脓的触须，能把每一个正常人的双眼给挖下来。

南冰正在往嘴里送杧果的动作是渐次被冰封的，像是卡带似的，她瞪大了眼睛，张着嘴，最后那一口也没吃上，她放下手，合上嘴，多看了两眼评论后便扭过头去嫌弃地说：“真他 × 脏。”

见到她是向着许雯雯的，想着是个修复关系的机会，于是我试着在南冰的天平上为许雯雯增加更多砝码，叹口气道：“也怪她自己造孽，没有人能因为今天的成功就可以把过去犯的错一笔勾销，纸是包不住火的，终究要付出代价。”

“她犯什么伤天害理的错了？”南冰问我，“卖身而已又没打砸抢烧。”

“呃……”我的三观虽然不至于黑白颠倒，却也几乎是灰色地带，只好以妇联老阿姨的立场去观察许雯雯，揪出一个道德问题来了，“她勾引男人，破坏他人家庭稳定？”

“没有买卖就没有杀害，没有嫖客就没有妓女，如果每个男人都长着脑子而不是靠蛋来决定行动，这世上就全是良家妇女。”南冰果然在我的引导下，又暴露了她帮亲不帮理的蛮横一面，她心里果然还是留着许雯雯的小半拉位置的，此时才会如此滔滔不绝，“说她是贪图享乐也好，有利所图也好，她是贱，还不是因为有更贱的人愿意给她钱买她的贱，一个愿打一个愿挨，到底谁比谁贱？网上那些喷子更是贱出新天地，激动得好像许雯雯上他家偷过他的存折，上过他家祖宗似的，别说他们连她的面也见不着，就这么一个十八线小明星，指不定他们都不认识呢，就是跟风骂——”

“他们只是逮着个机会发泄而已，现实生活里要么苦要么废，还活得憋屈不敢大声说话，说了也没人听。”我顺着她的话也义愤填膺起来，“一个透明人在网上突然找着能大嗓门也不怕挨打的地儿了，可不是心里有多少龌龊的东西都吐出来了，公众人物就是倒霉，再根正苗红的优质偶像，也一个个都成了公众场合的负能量回收站。”

南冰此时看穿了我的套路，于是偃旗息鼓了，淡定地看我一眼道：“网络暴力是很可怕，但是鱼的记忆只有七秒，喷子们的战斗力最多七天，他们是顺着风向来的，公众事件层出不穷，马上他们就会顺着风向转移战场，改去喷别的人别的事儿了，放心，许雯雯干得出那种不要脸的事儿，就不至于能被口水淹死。”

我不知道她说的“不要脸的事儿”是指坐台还是勾搭向海，反正看到她重新摆出事不关己的姿态吃起了杧果，我也不敢再多说了，万一没带好节奏，许雯雯没捞上来，把我也带坑里去。

南冰的手机响了起来，她看了一眼，按掉没有接，又立即响了起来，她于是站起来试图走去卧室接听，而我也立即站了起来一副很好奇的样子——南冰跟谁打电话需要避着我？稀奇了——她见我不依不饶的笑脸，于是重新落座接听了电话。

“喂？……你好好说话行不行？瞧你急的，都口齿不清了。”南冰耐心地听对方说了一串话，我只听得见一个男人很是焦急的声音间或漏出来，“行了，你这么在意你怎么不自己去关心她？你又不是不知道我们早不联系了……知道了，有什么需要，我们会找你的。”

挂了电话后，南冰不等我问，便甩出了答案：“怪兽。”

竟然是王子睿。我惊讶地皱眉：“你们一直有联系啊？为什么不告诉我，他至于躲着我吗？”

“人没躲着你。”南冰说，“你在许雯雯的直播间里还跟他说过话。”

“啊？”我在记忆里搜索，“他 ID 是什么？”

“就主播守护榜里那个叫‘丑王子’的。”

“是他啊！”我惊呼，然后有些动容地说，“每次直播都看到他在送钱，原来分手之后还一直默默守护着许雯雯呢，真痴情。”

“可能是上辈子屠杀了许雯雯一家吧，这辈子还债来了。”

“要么就是被下蛊了。”我补充，“真是一个萝卜一个坑，老天爷挺善良的，给每个人都留了标配。”

“毕竟对于怪兽来说，就一个许雯雯。”南冰朝我挑眉一笑，“你也是，就一个我，雏鸡破壳见了妈，这辈子就认这一个妈。”

“雏鸡听着怪别扭的。”我嘴上埋怨，却冲她怀里钻，“就不能说鸟儿吗？”

许雯雯之于王子睿的存在，和南冰之于我的存在确实有些相似，她们都是与我们毫无血缘关系，却猛不防地一下子冲破了血脉，挤进来点亮了我们生命的第一个外人。

王子睿从小生得胖，长得也喜庆，于是在朋友之中习惯了扮演小丑逗乐的角色，有一回男生之间玩笑开得过分了，几个人在操场脱他的裤子，一左一右架起来用他的胯间去蹭树，周围人都在笑，王子睿也在笑，他笑得直发抖，眼泪在眼眶里打转，笑着开玩笑，笑着求饶。

当时许雯雯走过来并不是为了救他，只因为她和其中一个起哄的男生有过节，带人过来揍他的，男生跑了，痞里痞气的她顺嘴“关心”了两句王子睿：“胖子，你怎么这么好欺负啊？跟这种垃圾也客气，难不成你还想跟他做朋友？那你还不如跟我好呢。”

那一刻的许雯雯在王子睿眼里应该是头顶上有光环的，用圣光给他刻了印，使得他从此以后的信仰就叫许雯雯。

作天作地的许雯雯，这辈子唯一积的德就是王子睿。

知道王子睿还在默不作声像个变态狂徒似的追踪自己的教主，我对许雯雯又稍微有些放宽了心，就算前路粉碎，至少她不是个无路可退的人。

- 03 -

一周之后，许安吉的丑闻事件却愈演愈烈。

在所有八卦者把许安吉从儿时住所到幕后金主都扒到只剩骨架后，这个众人津津乐道的话题也终于被反复咀嚼到味同嚼蜡，逐渐有其他人以婚变、车祸、吸毒等花样百出的娱乐新闻一一轮番上阵来抢占人们的注意力。

丑闻热度下来之后，我终于替许雯雯长舒一口气，只要她蛰伏不到半年或是一年，等人们都淡忘了，应该不至于影响她的星途，哪里会想到在这之后还有最致命的摧毁一击在等她——

八卦论坛上又出现了一张她的新照片，这一次是不打码的全裸——

她背冲着镜头站在冰箱前喝水，以那个放松的站姿来看，显然不知道自己正被偷拍——虽然这张照片被管理员及时删除，但也很快传播了出去，匿名爆料者称这不过是冰山一角，之后还将陆续曝光大量性爱照片。

降温的浑水又在一瞬间到了沸点。

- 04 -

入冬之后的北京上空一直像是被蒙着一层积满了灰的过滤网，把峰峦叠起的建筑群都藏了起来，戴着口罩的人们走在街上，看不见百米开外的楼，迎面而来的人则像是从雾霾形成的门里凭空出现，特别如魔似幻。

今天难得大雪纷飞，把天空洗亮了一点点，每到冬季时我就怀念春天，大雨之后常常能看见环状彩虹，不过整日漫天飞舞的柳絮实在叫人心烦，比起总想钻进我们眼耳口鼻的“柳吹雪”，还是真实的雪花讨人喜欢。北京的雪是透亮而不冻人的，低调又华丽，磅礴而温顺，盖在身上毛茸茸一层，进了有暖气的室内便消失无踪。

南冰的咖啡馆也进入了冬令时，不到晚上八点半便准备打烊了。

服务员都散去后，南冰正在一盏盏地关灯，整个室内逐渐没入黑暗，于是门外的雪误以为这里面也是夜海，随着每一次门被推开而汹涌地撞进来，依旧有不少客人不顾店内熄灯，也要走进来点一杯咖啡暖手。

南冰只好亲自操作咖啡机，直到送走最后一位客人时，已经接近九点，她让我去门口确认是否还有人要进来，于是我就见到了许雯雯。

她用围巾把脸遮了大半，又用羽绒服的帽子盖在头上，只露出一双眼睛来，但是我从一双裸露的大腿认出了她，雪地里还能光腿穿短裙的女人，不是日本女高中生，就是许雯雯。

有那么多路灯与霓虹灯招牌，她偏偏躲在灯与灯之间形成裂隙的黑暗里，只有大腿白得刺眼，像是一株从地里钻出来却被风雪拦腰剪断的花。

在我犹豫该不该向南冰报告时，她已经来到我身后轻轻说：“你叫她进来吧。”

- 05 -

许雯雯带着一身寒气进门，南冰重新打开了所有的灯，她吩咐我去把门窗都闭紧了，挂上“closed”的牌子不再待客，顿时店里又变得敞亮而温暖，仿佛与室外是日夜分明的另一个平行世界。

许雯雯犹如一根冷冻冰棍般戳在店中央，面对正前方拿着毛巾朝她走来的南冰，她过分不知所措而导致脑子也短路了，一双脚竟不自觉往后倒退了几步。

“你冻傻了吗？”南冰把毛巾扔在许雯雯的脸上，“我又不是要杀你。”

被毛巾盖着脸的许雯雯依旧没有解冻，等她终于重启好了自己那颗迟钝的大脑时，她“嗷”的一声哭了出来。“冰冰——我错了——”边喊着，她边扑向南冰，“你原谅我吧！”

“你干什么，你身上全是冰雪，你放手——”南冰惊恐地挣扎。

毛巾终于连同帽子一起从许雯雯脸上滑了下去，我这才看见她冻得通红的脸上布满干涸的泪痕，而此时这几条轨道里又添了许多新鲜滚落的泪珠子，她哭得忘情，鼻涕全流进了大张的嘴里，围巾上积压的雪花被她牛喘气般的呼吸直呼得往南冰的脸上飞。

“冰冰！冰冰，我好想你啊——”许雯雯像是终于找回家的狗，一个劲儿地往南冰怀里钻，拿她的脸蹭她的脖子，拿她的胸拱她的肚子。

“够了你，抱够了没有？我都湿透了，撒手！”南冰一个劲儿地躲，却被一双龙虾钳子般的手臂越箍越紧，眼看着就快被勒得吐白沫了，她冲我叫，“艾希，把这疯婆娘拉开——”

我哪里顾得上她啊，我只顾着笑得流眼泪。

- 06 -

脱下了外套的许雯雯抖落了身上的雪霜，用毛巾擦干头发和大腿上的一层冰冷水沫后，似乎终于意识到冷起来了，刚才还能钉子户一样扎在户外的人现在哇啦啦乱叫着：“冻死宝宝了！再耽误一会儿，你们就得找把铲子把我的人皮从地里撬起来。”

“得了，你装可怜就不能站的地儿明显一点儿？讨饭的还非得人把饭喂嘴里。”南冰把放着一杯奶茶和一块巧克力布朗尼的餐盘搁在许雯雯桌上，“喝点儿热的先，你吃晚饭了吗？”

“没有。”许雯雯立即用冻僵的双手抱着滚烫的杯身，“我吃不下。”

“不是为了减肥吗？”我走过来，把一条毛毯盖在她的腿上。

许雯雯被热茶烫了嘴，但还是坚持不懈地喝了好几口，然后冲我讪笑道：“不用减肥了，公司不要我了，钱老板也不要我了，没有电视剧也没有网剧要我了，没地方要我了。”

我一时不知道如何接话，南冰拉开椅子在她对面坐下，以手托着脸颊说：“你活该。”

许雯雯一怔后抿了抿嘴唇，沉默地拿起刀叉切开布朗尼。

“爱之深，责之切——”我像个夹在皇帝与丞相之间专职和事佬的太监，忙不迭圆场，“南冰被你气坏了。”

南冰嫌弃地看我一眼，转头对许雯雯继续说：“你又不是突发奇想要当明星，早在读书那会儿你就嚷嚷要进演艺圈，那都还能脑子拎不清跑去当小姐，整容也不躲着人，巴不得叫全天下都知道你给自己留足了黑料，当时我们劝过你还不听，现在你能怨谁？今天没人捅破你这些破事儿，迟早也会有这一天，总有看你不顺眼的人。”

这话说得太重了吧，我刚想冲南冰使眼色，叫她收起自己的AK47改用左轮手枪意思意思就行了，却见到毫发无伤的许雯雯吃了一口布朗尼后，若无其事地点了点头说：“我知道。”

看来在成人世界里摸爬滚打的经历，使她变得更皮糙肉厚了。

“现在再说什么‘早知如此，何必当初’也是马后炮，事情既然都已经发生了，该收摊的收摊，该负责的负责。杀人不过头点地，你已经为自己过去犯的傻付出了代价——”南冰说着，竟有些兴奋地一挑眉，“该轮到办出这件事儿的傻 ×，为他的行为付出代价了。”

“他手里还有很多我的照片……”也不知道是脸冻僵了还是整容过头毁了面部神经，许雯雯的表情像是笑又像是哭，“我没想到他是这种人。”

“他开价了吗？”

“说要五百万，我跟经纪人说了，就现在的结果看来，公司觉得我不值这个钱。”

“等一下，你们在说谁啊？”我举手打断他们，虚心求问。

南冰更嫌弃地瞥了我一眼，好像在看智商掉线的猪队友。

许雯雯好心地提示我：“你没有看错人，是我很傻很天真，以为自己遇到了一个老实人。”

“苏启旬？”我怒不可遏，“那个白眼狼。”

只要许雯雯事业发展顺利，她对苏启旬来说就是一台无限提款机，怎么会有人蠢到杀鸡取卵，把能生产一千万的摇钱树砍了就为五百万？

没等我提出疑问，许雯雯自觉回答：“因为我一直没和他领证，他怕我跑了，后来他威胁我不结婚就要向狗仔爆我的料，我正考虑和他分手，你知道我是个心事藏不住的单纯girl，这一着急一生气，狠话就都放出来了，他要打我，所以我跑了出来，他找不着我，又怕人财两空，就把我以前的照片发到了网上来警告我。”

南冰翻了个白眼说：“那你还能耐着性子等一周也没去打死他，又给了他机会发你的裸照？”

“他把那些照片卖给狗仔，应该赚了不少钱。”许雯雯双手捂着脸，欲哭无泪地说，“我以为他知足了，因为他还想跟我和好。”

我气得能把眼前这张桌子吃了，不过这是自家的资产，所以我只是握紧了拳头敲了两下桌面，咬牙切齿地说：“都卖老婆换钱了，还想把这买卖给做长了，真是恬不知耻。”

“他胃口那么大，卖你两次照片的钱是填不满的。”南冰虽然眉头紧皱却露出胜券在握的微笑，“这件事儿要速战速决，不能等他把手里的牌一张张打出来，我不喜欢这种任人宰割的感觉。”

南冰就是有叫人在电闪雷鸣中躺在大树下面睡觉的魔力，许雯雯收拢的双肩放松地垮了下来，像是重新回到法师结界里的伤兵，知道自己有救了。

南冰问：“他家住哪儿？”

“望京，那套房子是我付的首付，写的他的名字。”

“你傻 × 啊……”

“我不会再管月供了。”

南冰有气无力地说：“你要再管你就是 24K 纯傻 × 了。”

“他把锁换了，我进不去，照片都在他的手机里。”

“那些照片是他给你下了药拍的？”

许雯雯一愣，继而羞涩地扭了扭腰，冲南冰发嗲：“搞得太熟门熟路了，早没了情趣，所以就边搞边拍了些东西来助兴——”

“我不想听。”南冰立即举起手打断，头疼地扶着额头。

“我可以听！”我举起手来。

许雯雯调侃道：“这么饥渴，三个月没有性生活了吧。”

“不止了。”我笑着和她像猫打架一样互相拿手挠对方的手。

“那你们慢慢聊，性冷淡的人先走了。”南冰站起来。

“那个——”许雯雯仰起脸看她，小心翼翼地问，“南冰，我什么时候能搬回咱们家里？”

- 07 -

这天晚上，我们三个姑娘挤在一张床上睡，许雯雯现在是个人干了，倒也不占地方，就是动来动去地瞎折腾，弄得我和南冰都失眠了。

“南冰……你没睡吧？”许雯雯突然说话。

我睡在俩人中间，背冲着许雯雯搂着南冰的腰，能从前胸后背感受到的动静得知这俩人都没睡着。

“其实我根本不喜欢向海，好吧，可能是有一点儿喜欢，那么帅的男人很少见，但也就是一点点，这喜欢就像我以前喜欢精灵王子，没真喜欢到要强奸他的地步。”许雯雯的话说得磕磕绊绊但是语气真挚，“我可能是中了邪……对不起，我没有中邪，我当时就是很龌龊地想伤害你，因为你太完美了，好像这个世界上所有的东西，你招一招手，就都是你的了，我就想偷走你一件东西，来证明我不比你差。”

她哭了，因为眼泪灌进嗓子里，而说话越来越含糊不清。

我的手肘因为紧张而弯曲起来，南冰的手在被子下轻轻盖在了我的手背上。

窗外月光悠悠，好像我们校门外一条坡道上长满的狗尾巴草，橙黄明亮，一晃一晃，男生们会摘下来叼在嘴里，或是做成戒指，我们三个女生手上都曾经被向海、杨杨和怪兽戴上过草编的戒指，我们那时发过誓，无论贫穷、富贵，健康、疾病，我们永远是朋友，长大了要举办六个人的集体婚礼。

许雯雯转过身来，她说话时潮热的呼吸贴上了我的头发，“我想伤害你，是因为我很丑陋，我不相信世上有真的美好，可是你就活生生地站在我面前告诉我，美好是存在的，我想把你弄得不美，想让你也和我一样丑陋……”她哭得停不下来，我感觉自己的头发都要被她的眼泪洗过一遍了，她的手似乎想要穿过我去碰触南冰，最后却也只是胆怯地轻轻搭在我的腰上，“后来我整容，把所有不好看的地方都变好看了，以为我的心就会变得和你一样很大方、很强壮，美得表里如一，可是我发现我的心里还是丑，我嫉妒你天生就长得美，嫉妒你家人都疼你，嫉妒你有一个向海，嫉妒你从来不在乎外人的眼光，甚至于你没有钱，我也嫉妒你有尊严，我嫉妒你就是你，我嫉妒得快疯了，所以我做了对不起你的事情，对不起……对不起……”

南冰什么也说，只是转过身来，从我耳边伸过手去轻轻搂住了许雯雯。

许雯雯于是哭得更凶了，她的手终于越过我的腰去抱紧了南冰，而我这个容易被气氛感染的矫情病患者也忍不住哭了起来，最后三个人像一块三层夹心苏打饼似的紧紧抱在一起。

“好了，好了。”只有南冰没有哭，她温柔地哄着我们，温柔得像是月亮。

我们被月亮抱着轻轻摇，含了一嘴星星形状的糖，从此被施与了不再漂泊不再饥饿的魔法，终于心满意足地睡了。

- 08 -

隔天醒来，我和许雯雯的眼睛都肿成了一双红色的核桃，视线穿过核桃的裂缝可以看见，已经洗漱完毕的南冰一脸神清气爽，与我们人妖有别。

“什么鬼啊，你们赶紧收拾起来。”她以高等精灵嫌弃哥布林的高傲姿态对我们说，“报仇时最重要的是气势，装备一定要漂亮，就像上门催债、打小三儿，得穿高跟鞋，让对方看着就打心眼里矮一截。”

于是我们抱着杀人也要走红毯的雄心壮志，花了三个小时来精心打扮，羽绒服是肯定不能穿的，哪怕这里是哈尔滨也不能，有保暖功能的衣服那是给心无斗志的老年人穿的。

南冰穿着一件单薄如蝉翼的风衣，黑色铅笔裤下是一双红色恨天高。

我穿着仙气飘飘的长毛衣开衫，每个洞眼仿佛都能灌进十级风，在我苦苦哀求之下，才得到南冰的准许在长裙里穿上了打底裤。

许雯雯作为今天当仁不让的主角，短裙光腿长筒靴是必不可少的。

我们三个走出去的时候，可以说所有的亚洲女子天团在此时此刻都受到了来自北京东城的谜之光波冲击，气势如虹，撼天动地，我们踏出去的每一步都回响着“十分”“十分”“十分”去掉最高分和最低分依旧是十分的迷幻电子音。男人女人们的惊艳视线为我们汇聚而成了来自四面八方的聚光灯，而风儿也比平日更喧嚣了，刮得我们长发飞扬，美不胜收，连老年人的回头率也被我们包圆了，他们的眼神写着疑惑：“年轻人，不冷吗？”答案是：不冷——我们靠仇恨的火焰温暖自己——

“南冰……”来到苏启旬家楼下，我双手抱着胳膊在风里直打哆嗦，“我觉得我们再不进楼里去，可能就要大仇未报，先走一步了。”

“有点儿出息，完事儿了吃庆功火锅去。”南冰打了个喷嚏，边回头张望来路边嘀咕，“真他 × 不靠谱，该不是迷路了吧那些人。”

而许雯雯说了更没出息的话：“等会儿进了他家，有暖气，多坐会儿就不冷了哈。”

这时，南冰等的人终于来了，那是六个宽肩蜂腰的男人，他们都戴着墨镜，整齐划一的黑色西装下，块状分明的肌肉呼之欲出，看着跟在三里屯靠美色拉客的男模特似的。

许雯雯虽然已经是许安吉了，还是本性难移地深深咽下一口口水，情不自禁地“哇……”了一声。

“这都谁啊？全是你的男朋友吗？”我拿胳膊肘撞了撞南冰问。

南冰指着中间那个梳着大背头，长得最帅的男人说：“他是我的健身教练，其他人是他哥们儿。”

男人们一字排开站在南冰身前，等她一挥手说：“走！”便黑社会小弟跟着大姐头似的，齐刷刷跟在南冰身后进了楼。

看这“黑客帝国”的阵仗，南冰应该是策划了一场大戏。

“有朝一日我会离开这里的，我想重新找回我的重量。”我转过身对她说，“我以后想离开北京。”

第十一章
Chapter - 11

- 01 -

最近我没有太多人生感悟——

活着是很简单的，生活很难，活着不过是衣食住行，夜市摊上的衣服十五块能整一身，早午晚餐有煎饼豆浆和盖饭，而睡觉只需要一张床，北京全城跑遍也不过是几块钱的地铁，但是生活就有讲究了，无论吃穿用度总有比好上还要更好的，对物质的追求永无上限，哪怕实现了自己肉身所需要的极致环境，还要追求精神上的富足，实现足以匹配灵魂的爱情和梦想。

最近我没有在考虑生活的问题——

自从禾仁康死了以后，我一件新衣服也没买，吃饭总是南冰吃什么我吃什么，有时候我一个人在家里待着，她忘了提前替我叫好餐，我就忘了要吃饭，并不是没有饥饿感，而是不在意。我每天趴着画画，饿了就睡，累了也睡，基本上就只在桌子到床之间的这三平方米里转，外出的选项也只有南冰的店和妈妈的店。

最近我已经不太关心自己的事情了——

我只希望身边的人过得好，所以我会帮南冰看店，为了她去找向海，又关心许雯雯的近况，还给想追我妈的李老师出主意，我甚至找艾铭臣聊天，试图劝他回家陪爸爸，像是在处理后事般，我企图把每一个人的未来都安置好，把每一段破碎的关系都拼接成完整的圆。

许雯雯的未来应该可以预见了，虽然她经历了丑闻风波，但所谓不破不立，破碎之后才能迎来重生，也许她老了以后再回忆今天这一幕，会忍不住笑出声来。过程虽然曲折，却又似乎是命中注定的轨迹，走反了方向也没关系，人家走一个圈，大不了她走两个圈，总能到达目的地。

苏启旬通过猫眼只见到许雯雯，他无所畏惧地拉开门后，见到我们三个女人挤进来，还能嚣张地大吼："你们想干什么？"下一秒，他的气焰便无声熄灭。

在六个能教他重新做人的大老爷们儿面前，他双手下意识捂着胸口，边倒退数步边虚张声势地又重复了一遍："你们想干什么？"

南冰脸上浮现出标准的坏人淫笑，静静地把身后的门关上了。

- 02 -

南冰信奉的是"以牙还牙，以暴制暴"，苏启旬用什么手段对付许雯雯，她就以其人之道还治其人之身，她总是说杀人犯怎么杀的人就应该怎么去死，一颗子弹太便宜了，至于强奸犯就应该被调羹刮大肠。苏启旬能干出爆裸照这么猥琐下流的事儿来，我们要报仇就不能端着高雅的架子，只能比他更猥琐更下流。

我从来没觉得自己是一个多么清新脱俗的仙女，但现在这个画面真是不敢看，太少儿不宜了，许雯雯倒是扬眉吐气，她的笑声在屋里回荡得犹如4D环绕立体声，南冰倒是没笑，她作为导演忙着指挥现场呢。“哎，哥们儿，站那边去点儿，别挡着光。”

我们一行人进门后，苏启旬摆出了一副刚烈不屈的样子没有半分钟，就被南冰的教练没打招呼地猛然一拳头招呼在脸上，太电光石火了，没等我反应过来，苏启旬已经从地上爬起来，捂着流鼻血的鼻子在求饶。

“全部的照片都在这里面？”南冰接过苏启旬上缴的手机也没检查，她应该是怕辣眼睛，于是嫌弃地以食指和拇指夹着转手递给了许雯雯，“我不相信你，肯定有备份。”

苏启旬丧着一张脸坐在地板上说：“姑奶奶，我发誓没有了，你们仗着人多，就以为我好欺负，要是再碰我一下，我会报警的，有种你们把我杀咯。”

像他这样躲在暗里玩阴招的人才是最怕死的，偏要耍耍嘴皮子，是知道我们不可能为他这一个人渣毁了自己的前程。

“动不动就喊打喊杀的，现在是文明社会好吗？打人犯法的——”南冰说完这句，见苏启旬刚要喘口气，她又立即话锋一转，“死了也太痛快了吧，我们拿尸体能找什么乐子呢？”

苏启旬半口气还没出透了又倒吸一口气，我也一愣，并不知道南冰接下来还有什么招数。

南冰抬手拍拍左右两边男人的肩膀对苏启旬说：“你放心，我们绝对不是什么好人——”他们捋起袖子走上前去时，她说：“先把他衣服脱了。”

在一阵杀猪似的惨叫挣扎声后，我眼前是这样的画面：六个西装革履的男人双手抱在胸前，在赤身裸体的苏启旬周围形成了一个包围圈，本来就白净的他双手捂着自己的重点部位，面红耳赤地跪坐在地，眼里还有泪光闪烁，此情此景抽象一点儿可以命名为《逼良为娼》，写实一点儿也可以叫《六个男人和一个男人》……

总导演南冰指挥了几番演员站位后，执行导演许雯雯更是脑洞大开，参与设计了更多不堪入目的构图，鉴于等会儿还要吃庆功宴，我怕没了胃口，便放弃了围观的最佳位置。

我坐在玄关的椅子上玩起了手机，以客厅传来的哀号求饶声当背景乐。

苏启旬恼羞成怒地尖叫："你们可以了吧！拍这种乱七八糟的照片，我是个男人，我也有尊严的——"

南冰怒骂："呸，说得好像我们雯雯是个女人就没尊严似的，她是爱你信任你，才允许你拍那些照片好吗？"

"对！对！你辜负了我，你是自作孽！"许雯雯的声音夹杂在手机快门声中，她明显已经玩 high 了，声线颤得快成说唱了，"像你这样的男人，配不上，像我这样的女人，怪我眼瞎，没看透你是这样的渣渣。"

苏启旬欲哭无泪地干号："那你们这样搞我是图什么嘛，我又没有钱……"

"告诉你，只要网上再出现一张许雯雯的照片，我就把你这些照片发到校友群里去，再寄十几二十份的给你亲朋好友，不管你以后会去哪里上班，我都免费派送给你所有的同事呵呵呵呵。"南冰阴笑的声音如同五个灭绝师太叠加十个天山童姥再附赠二十个李莫愁的威力，哪个直男听了都基本告别异性恋性取向了，因为不看脸的话，她那一把老烟枪的嗓音特别适合给黑山老妖去配音，一边说着“男人都不是好东西”一边吸干所有男人的精血。“其实这都算便宜你的了，你算什么东西啊？你毁了一个前途无量的女明星，就是把你卖到泰国去做人妖，都赔不了许雯雯千分之一的损失。”

这话说得叫我一个外人都胆寒，果不其然，苏启旬被吓得一个没绷住，号泣起来，连“上有老下有小”的话都出来了，那个“下有小”可能是指的小弟弟吧。

此时，我收到了艾铭臣的微信：“姐，在吗？”——看到这个“姐”字，我就知道没好事儿——果然他是来跟我借钱的，看来是爸爸那边已经要不到了。

我没回复，扭脸给妈妈发了条短信：我不准你给艾铭臣钱。

她很快回复：我没给。

最近妈妈越来越听我的话，可能她终于意识到自己从艾曲生到周拓，犯了那么多的错，确实需要一个能给她拿主意的支柱，又或者是我变得越来越强势了。

艾铭臣继续对我发送消息：姐？姐？

……

艾希，你是不是跟妈妈说了什么？

她为什么不接我电话？

姐！——

我真的需要钱。很急。

能打这么多字也不说明缘由的哪可能有多急，看着心烦，我于是把手机扔进了包里，屋里传来磕头声，我这才意识到，要换了以前的我，此刻一定不会如此心如止水，看来我是真的变坏了——

“你变坏了。”——丁兆冬曾经挑起我的下巴如此说过。

我下意识地摸了摸下巴直到嘴唇，好像他就在昨天还给过我一个吻。

我的喉咙突然干涸地蠕动了一下，回过神来后有些尴尬，于是站起来走向里面问：“完事儿了吗？我饿了。”

- 03 -

“先上三只鸭。”许雯雯落座后，就一副今儿个本富婆要包全场的豪爽姿态对服务员一挥手，导致拿着点餐单的小姑娘一愣，恍惚间不知道自个儿干的是餐饮业还是什么业，我立即替她补充道：“姑娘，三套烤鸭。”

许雯雯手里的钱是从苏启旬的钱包里拿的，她说他卖的那些照片肯定得了不止几万块，自己就拿走这么一千来块现金也太便宜他了，我和南冰表示支持，同时将本日菜单从火锅改成了烤鸭。

“鸭骨架做汤。”许雯雯迅速翻着菜单，一通噼里啪啦指点道，“炭火烤肉这道菜把牛羊猪都上一道，然后素菜要毛豆烧丝瓜和老厨白菜，凉菜就蓝莓山药，一扎酸梅汤，行了。”

我问：“会不会太多了，我们吃不完都浪费了。”

“今儿个真高兴呀真呀嘛真高兴。”她不理我，只顾着摇头晃脑，惹得周围的食客频频投来好奇的视线，换了以前，大家看一眼也就把头别过去了，如今她是个美人，又是个公众人物，有些人觉得眼熟于是多看两眼，继而交头接耳，窃窃私语。

我提醒她说：“你当心被认出来。”

“认出来就认出来，难不成要打我？”许雯雯有些破罐破摔地笑。

“没人打你。”南冰在拨弄手机给人发消息，她头也不抬地说，“网上跳得最欢的人，在现实里都是㞞货，蔫人出豹子，你看苏启旬那货平时看着话挺少一人吧，闷不吭声对你一出手就是杀人不见血的大招。”

说话间，菜陆续上齐了，我问许雯雯今后有什么打算，既然丑闻的泄洪口已经堵上，她也可以恢复往常工作了——

“哪儿有那么简单，这圈里啊不同性别不同待遇，我是个女的，不比那些男的，就是捅破了艳照门、约炮门，甚至婚后出轨门，照样是浪子回头金不换，人气与挣钱两不误，这随便一条罪放在女的头上，那都是活该被封杀，自古以来没听说过浪女回头金不换的。”许雯雯说这话时倒也没有难过，反而有种解脱感，她释然地笑笑，“明星是当不成了，再做回网红呗，当一个讨骂的笑料，好歹能混个流量换口饭吃，钱挣得差不多了就隐退，买套房子，买个铺面，或者当个小老板，招一批姑娘开个工作室，培养她们做网红。”

——真没想到许雯雯也有思路这么清晰的一天，敬佩之情油然而生的我差点儿没把手里卷好的烤鸭放她碟子里。

南冰也忍不住夸赞：“不错啊，拎得清，娱乐圈挺能锻炼人的，大脑二次开发呀这是。”

“这圈里待一年赶得上普通人的十年，每一步都得小心算计着，走错一步就要摔得粉身碎骨，今天的我就是个例子，这一行里没有朋友，没有真心，只有落井下石，就算我厚着脸皮重新回去，也只是被人当个笑话，正经工作肯定是接不到了，何必去当一个高级卖笑女。”许雯雯说，“风光过了，也看透了，我现在知道自己想要什么了，也不晚，我又没真被人喷死，还活着就不晚。”

她说这番话的时候，点了一根烟，在雾气缭绕里特别像一个从良了的风尘女，经历过战乱、饥荒、离别和背叛，如今虽然还有一副年轻的皮囊，里面却只剩下苍老的灵魂，上辈子的纸醉金迷已经是过眼云烟，这辈子才晓得人活着原来平淡是真。

- 04 -

吃完饭以后，南冰提议散步消食，于是我们漫步到了一座熟悉的铁道桥，曾经杨牧央、向海和王子睿站在桥下对我们唱过《那些花儿》，现在这附近多了许多红白蓝条纹的篷布，下面放着一些散乱的建筑工具，由于这座桥的利用度不高，看情况应该是要拆了。

我们沿着轨道边走边聊，回忆起在列车轰鸣声中迎着月光呐喊过的梦想，那时候我说自己想要出画集、办画展；南冰说想要开店和环游世界；许雯雯许愿进入演艺圈，嫁给高富帅——

“好像我们都只实现了一半？”我说。

南冰道：“可以了，我们还这么年轻，遗愿清单都能画掉一半，已经比许多人幸运了。”

“是哦，要知道我们光是靠脸，就够甩同龄人十八条王府井步行街了。”许雯雯骄傲地迎着日光抬起垫了硅胶的下巴后，还没等到我的惯例揶揄，眼神又暗淡下来，“以前我是光看贼吃肉不见贼挨打，现在才知道自己是身在福中不知福。”

我笑道：“你们俩这话说得像老人家一样，还没人到中年呢，就开始收拾包袱要打退堂鼓了。”

“知足常乐，这叫成熟。”南冰也笑。

“那你就没年轻过。”许雯雯指着她说。

南冰把许雯雯的手指扒拉到我这儿说：“老得最快的就是你。”

“不是吧！”我惊恐地双手捧着脸。

“心老人不老。”她补充。

“吓死我了，心再老也无所谓，我就愿意皮相永远是个老妖精。”

许雯雯插话：“那你的梦想里可以多加一条：老了有钱去做拉皮。”

“也不知道是把拉皮当梦想比较悲惨呢，还是拉个皮还要存钱更悲催……”

在我陷入沉思时，许雯雯被南冰拉到护栏边往下看，她莫名其妙地“啊？”了一声。

我探头一看桥下，那是一个最俗的求爱方阵，红玫瑰摆出的桃心形状里，以白玫瑰组成了字母：XWW和WZR。虽然我很想嘲讽一番这个犹如直男求爱教科书上第一章的创意，但是看到站在花丛边的那个男人，我满脑子浮动的全是问号，南冰的教练在这儿干什么？还求爱许雯雯？难道是一见钟情？还是许安吉的粉丝？——然后我好像意识到了什么——

“神经病，才第一天认识就贪图宝宝的美色能是什么好东西。”许雯雯说话间得意地一撩头发，“我刚摆脱一个渣男，不会再跳进另一个坑了。”

南冰与我交换了一个“你知我知就是她不知”的眼神，联手逗起了还蒙在鼓里的许雯雯，南冰说：“最贪恋美色的那个难道不是你吗？”

“就是说，你忘了你以前多想睡遍天下的男神？阿武和彦祖都是你的小老公。”我起哄，“你不是还夸这男的长得帅，收了他又不吃亏，采阳补阴啊。”

“男人除去那层皮，里面不都一个样子吗？跟女的在一起不是图漂亮就是图钱，最坏就是要睡你还要你给他挣钱。”许雯雯双手捂着胸口，哭笑不得地求饶，“我怕了，越好看的男人越可怕，我就看看好了，这阳我采不起，你喜欢你采去。”

“采不起，人家就好你这一口。”我快要憋不住笑了。

南冰接棒道："他也不是第一天认识你，老早就只喜欢你这一口了。"

"你也太薄情了，以前明明睡过，现在忘得这么干净？"见许雯雯还是一头雾水，我忍不住要揭开谜底了。

她好像终于醒悟过来，扑上护栏去仔细打量桥下的男人。

对方笑眯眯地取下墨镜，露出一张标准美男子的脸，他的五官工整得如同被手术刀仔细雕琢过，似乎随时可以走进摄影棚为一本时装杂志拍一组写真，只是这张脸俊美得比较通俗，犹如这个男人脚下的求爱花丛，好看，但是留不下什么记忆点，叫人过目即忘。

"不可能吧……不会吧？"许雯雯双手捂着嘴，眼珠子和声音都在颤抖，她半信半疑地叫出男人的名字，"怪兽？"

我这会儿终于知道王子睿消失的时候都干什么去了，为了许雯雯，他能做到这份上，只能说上辈子他可能真的杀了她一家老小之后被她下了蛊，于是这辈子，他粉身碎骨浑不怕地以深爱来赎罪。

"许雯雯，我爱你！一直爱着你。"王子睿摊开双手，一字一顿地大喊出他在心里背诵了无数次的台词，"为了你，我把自己变成了你最喜欢的样子，请你重新做我的女朋友吧！"

许雯雯仰天号啕起来，像是被点着的炸药，也像是被剧烈摇晃过的香槟，她哭得前摇后摆，似乎在用肢体替代僵硬的面部发泄情绪，我看到她的鼻子周围浮现了不自然的皱褶，还是南冰先开口提醒："控制一下你的情绪，你的假体快飞出来了。"

于是许雯雯低下头冷静了一下，但还是绷不住一抽一抽地哽咽，她趴在栏杆上迁怒王子睿："丑八怪！你傻啊，你整成这样子，你疼不疼啊？你神经病啊你。"

“你不是嫌我长得丑吗？”王子睿以手在下巴处比了一个耍帅的手势，好像献宝般对她挑了挑眉毛，龇牙一笑说，“你现在喜欢了吗？”

她吼：“我讨厌假脸！”

“虽然我的脸是假的，可是我的身材是真的，你不是说你讨厌胖子吗？”王子睿的外表变化再翻天覆地，他傻笑起来还是曾经那个憨厚怪兽的气质，以前像一头哼哼的山猪，现在是漂亮的小香猪。“你看，我的肌肉都是真的，你摸摸。”他掀起衣服，露出腹部上犹如巧克力般规整油亮的腹肌。

许雯雯双手紧紧抓着护栏，可是身体已经倾斜到快飞下去了。“那你基因也还是丑啊，我不要和你生丑孩子。”

王子睿急了：“那……那我们就不生孩子。”

“你看你，不只丑，你还蠢！最烂的基因。”许雯雯哭得身子都垮下来，“我的基因就已经很烂了，你还要喜欢我，你怎么这么讨厌啊！”

王子睿不愧是练过健身的，他健步如飞跑上来可能只花了不到三分钟。

我看着抱头痛哭的许雯雯和王子睿，戏剧型人格的这两个人的这一场复合戏多半还要演很久，但我很愿意在这个时刻成为他们的聚光灯。

真好啊，我看着一边哭一边小心地扶着自己鼻子的许雯雯，她算是历尽千辛终于尘埃落定了，我情不自禁地伸手搂住身边的南冰，她似乎能感应到我在想什么，于是抬手圈着我的脖子，在我额头上亲了一下。

“别着急。”她说，“都会有的。”

- 05 -

为了监督妈妈别被艾铭臣牵着鼻子走，隔天我就跑到了店里去，见到了李乐意正和常客们坐在门外一起打牌，我调侃他：“李老师，您该不是整宿整宿地赖这儿了吧，是不是该交点儿租金啊？”

“怎么我一来就赶上你呢，去去——”他头也不抬地轰我，“没找你要劳务费就不错了，你妈说要出去几天，叫我帮忙看店呢。”

我一听果不其然，直奔了楼上去找妈妈。

妈妈来不及收拾还摊在地上的行李箱，有些尴尬地看向面有愠色的我。

“妈妈，你要出去玩啊？”我坐在床沿，对她假笑道，“怎么不叫上我？你知道我有空的。”

“我听你的，没想给你弟弟钱。”妈妈一时间也想不出什么话来搪塞我，索性坦白从宽了，“就是想去看看他到底怎么回事儿，说是没钱用，又不肯回来。”

“你去了也没用，你总不能把他绑回来。”我面无表情地说，“你耳根子太软，听他一阵胡诌再掉两滴眼泪，结果只能是你专程跑过去送了钱又一个人回来。”

妈妈为难地说：“可我得当面去劝劝他，让他不能再这么瞎混下去了，现在还小，以后怎么办？”

我严肃地看着她说：“我不准你去。”

妈妈有些被我的态度吓到，她小心翼翼地叹口气说：“你弟弟没你懂事，没人管，他要吃亏的。”

“你以为是我自己想要懂事吗？我就活该懂事吗？”我弹起来，突然大声质问她，“我没办法对那么多人的人生负责！”

可能我确实是反应过度，妈妈像是见到一只从林子深处蹦出来的兔子般，先是惊讶而后笑起来，她哄我：“唉，傻孩子，你就是想得太多，没有人要求你负责的，你可以活得自私些，不用那么操心，你弟弟有他爸，有我，不会给你惹麻烦的。”

“他没爸爸——就艾曲生那样的爸爸能顶什么用？他要有用，为什么现在收拾行李要跑去深圳的是你不是他？你以为艾铭臣不会给我惹事儿，他跟你要钱，把你的积蓄掏空了，就算你叫我别管，我还能看着你没钱？能看着你给他做牛做马？到头来为了能让你过得好，我还得先安置好艾铭臣，但是他哪里又是一时半会儿能消停的？”我有些歇斯底里了，“最后我还不是要管他一辈子？绕个大圈其实我只是想管你一辈子而已，我很累！我管不了那么多人。”

妈妈笑容还浮在脸上，但已经是饱含歉意的笑了，她愧疚地耸起肩膀，有些手足无措。

“我并不是要向你撒气……”我重新坐回床沿，撇着嘴拉了拉妈妈的手肘，她于是顺势过来抱着我的头，我枕着她的肚子，脸颊能感到一种令人怀念的温暖，“妈妈，你管不了艾铭臣一辈子，你也不应该再掺和他们艾家父子的事儿了，你又不老，人生还长，上半辈子算是白过了，以后你要好好过自己的日子。”

“没白过，我有了你。”她轻轻梳着我后脑勺的头发，“虽然现在这个女儿老凶我……”

我被她逗笑，抬头冲她上牙磕下牙作势要咬：“嗷！”

“你咬，你咬！”妈妈把手掌递到我面前，而我真的咬了一下，她“哎哟”一嗓子往后一跳，丧着脸假哭，“你到底像谁啊，你爸也没这么狠呀。”

“我算得上是基因突变吧。”我笑笑，“艾铭臣的事情，你别多想了，我会想办法。”

“让他爸去想办法，你别管了。”

“你终于晓得心疼我了。”我站起来，边把行李箱里的衣服一件件捡起来放回原位，边絮絮叨叨，“妈妈，我最近啊，开始觉得自己哪儿都不对劲，有点儿像持续低烧的状态，但并不是生病了，就觉得活得挺不真实的，每天都跟做梦似的。”

“你是太累了吧？最近工作停一停，身体最重要。”

“不累，不管是工作还是玩儿，都感觉轻飘飘的，握笔很轻松，走路也飘着。”我的手在空中抓了抓，又抓起一件衣服，感觉是一样的，很轻，没有什么实感，我继续说，“就在禾仁康死了以后吧，我觉得自己已经活完了一辈子，上辈子的回忆不算太好，有好的部分，如果单挑片段来看，有时候过得很开心，能笑很大声，但是以全长来看，就结果来说，几乎可以总结上辈子是一个悲剧。”

妈妈满头雾水地看着我说：“艾希，妈妈读的书没你多，感觉你这话，我听不太懂。”

“有朝一日我会离开这里的，我想重新找回我的重量。”我转过身对她说，“我以后想离开北京。”

你既然想他，去见一面又不会死，你就亲自问他好了，爱不爱啊？不会因为你问了，就从爱变不爱，从不爱变爱了，有了答案，以后你们就算天各一方，心里也没牵挂了。

第十二章
Chapter - 12

- 01 -

每个故事要迎来结局，都以主角的死亡或新生来落幕，现在我感觉自己的人生开始奔着大结局去了，并不是因为我即将死去，而我也没有告别过去，就在两年前，我还以为名为《艾希》的自传在最后一页的“END”上方，会是这么一行字——

我终于得到了幸福。

而现在我想要的是——

南冰终于得到了幸福。

当她终于和向海义无反顾地重修旧好后，我很害怕还会再生变故，已经不想再等我的幸福了，现在就想写下“END”。

不过应该没关系了——

今天下午，向海突然出现在南冰的咖啡店里时，我看着他脸上毅然决然的表情，知道他已经告别了过去，应该没关系了——

在向海的自传里，他已经迎来了他和南冰最后的结局。

- 02 -

向海剪了头发，是那种不经设计的短发，和他读高中时一样，毛茸茸的一层，露出来的耳朵轮廓被光线描成透明的红色，他穿着仿旧脱色牛仔外套，里面是白色 T 恤，下身穿着剪裁贴身而笔直的黑色牛仔裤和纯白色球鞋，他走进门来时，真的犹如时光倒流——他是那个赢了球后，会穿过里三层外三层的女生，直奔向南冰的校草，他把她抱起来时，现场所有的人都像是来参加王子与公主的婚礼。

平时有客人进门时，门铃再响，也不见整家店里的人回头，可能向海就是人形荷尔蒙自走机，所有好像匍匐在大草原上休闲小憩的女客，仿佛母豹嗅到了猎物的气味般纷纷抬起了头，然后视线便被死死锁定在浑然不觉的向海身上，追着他从店门口一路走向店里的南冰，当她们见到南冰的脸时，又犹如见了森林之王般露出了敬畏神色。

南冰虽然困惑，但她脸上是含笑的，那神色仿佛两人昨天还见过面，声音有些轻轻上扬地调戏他道：“贵客呀，你来干吗？”

他咧嘴一笑，眼里清澈的星光洒落了满地，叫南冰看得有些恍惚，因为眼前的他不像是那个在女人堆里打滚的向少爷，他是她最明亮灿烂的少年向海。

“我来找我老婆。”向海的脸上有新鲜的瘀青，应该是被人揍了一拳，但看得出来他今天是仔细洗过脸，收拾了一番才来的，他的右手上缠着纱布，看来打他的人并没有占到便宜。他真诚地说，“从今往后，我哪儿也不会去了。”

“你什么时候结的婚？”南冰双手抱在胸前，微微一笑道，“这是被哪个老婆家暴了？”

“是家暴，但动手打人的是我，很遗憾我不再是个孝子了。”向海从上衣口袋里掏出一张纸，他对她展开来——那是一页户口纸——然后就说了一句话，“老婆，能让我进你家户口本吗？”

南冰一愣，而我这个旁观者的双手已经紧紧握在了一起，心里开满了花，天啊，天啊，每一朵花都在热泪盈眶地尖叫，天啊。

破冰之后百花盛开般，南冰笑了，银河被颠倒，而海洋涌进了天际，她笑得太美了，却脱口而出：“傻 ×。”

向海也笑了，似乎一切顺理成章，他拥抱了她并亲吻了她，两个人相互捧着脸，然后以额头抵着额头，画面美得像是童话故事里最后一章的插画。

有人不自觉鼓起掌来，带动了所有人鼓起掌来，我几乎以为头上的顶灯下一秒就要爆开，然后漫天飞舞着红包，不过在这大喜的日子里，真的可以一桌送一份甜品，店里的气氛一派欢乐祥和，只是几个男服务员估计等不到明天就要辞职了。

我看向窗外，春天来了。

- 03 -

“我不要搬出去！”许雯雯双手一摊，成大字形死死霸占着家里的沙发冲我们叫。

南冰正往桌上放五套碗筷，冲她翻个白眼道：“没人赶你。”

向海正给火锅点火，同时故意挑衅许雯雯说：“你不走，我睡哪儿？”

王子睿不愧是健身教练，他从楼下一人抬上一箱啤酒，往地上一搁，直起腰也不喘气地对许雯雯说：“媳妇儿，你迟早要搬呀，我俩总要结婚的吧？难道你还白天跟艾希南冰她们住一块儿，每天晚上回家睡啊？那我不是守活寡吗？”

“要不，我们重新租个大房子，我们两对儿一起住吧？”许雯雯灵机一动地从沙发上跳起来，来到餐桌边对南冰发嗲，“冰冰你说好不好？家里有男人就有人看门了。”

不等向海和王子睿质疑这个“看门”是不是拿他们当狗使，我从厨房里端着一大盘饺子出来，大声质问她：“喂喂，什么叫两对儿？！单身狗不是人吗？你想把我踹了？”

“没必要给你准备房间，反正你老赖在南冰床上睡觉的嘛。”许雯雯第一个冲到摆着牛肉卷的位置坐下，挑起三片肉就往锅里放，同时回向海以挑衅，“你和南冰的床最好买三米宽的吧。”

向海瞪她：“少吃点儿肉，你最近身材已经开始走形了。”

“不用当明星了我瘦给谁看呀，老公又不嫌弃我。”说罢，许雯雯和王子睿交换了一个飞吻，继而又转过头去讥讽向海，“对我的身材这么了解，平时没少看呀。”

向海吃了瘪，委屈地在南冰身边坐下，用手臂蹭蹭她撒娇：“宝宝……”

“活该，谁叫你对女人的身材说三道四的。”南冰往锅里放了些香菇、金针菇和墨鱼丸子，“美的形式有千千万万种，有好女不过百的美，也有过百更有存在感的美，现在世界上还有闹饥荒的地方呢，我就喜欢看满大街的重量美，那会让我有一种生活富足的踏实感觉。”

以许雯雯的智慧实在琢磨不出南冰这是在帮她说话还是在损她，于是转而向我开火：“要么你搬出去好了，一人吃饱全家不饿，哪像我们都拖家带口的。”

“向海可以睡在咖啡店里啊。”我夹起一个饺子蘸了些醋，放在南冰的碗里说，“尝尝，这次放了马蹄。”

南冰说：“我也准备让他先睡店里的二楼，这小子净身出户，还得靠我养着。”

“叫他睡你店门口呀，裸睡！还可以卖卖美色拉拉客。”许雯雯边说着边往王子睿怀里歪了歪，娇嗔道，“真是风水轮流转，向少爷兜里的钱竟然买不下我家男人的一节课啦。”

向海不以为意地坏笑起来：“我准备重新考大学，我底子好，边打工边随便拿拿双学位，要不了多久我还是少爷，怪兽将来也就给我当个保镖。”

“我们这些人迟早要散的。”我淡定地说，“早晚的事儿，不急于一时，你们都是要结婚的人，在北京这地界上说弄个大房子一起住，那是不现实的，大兴都五万一平方米了，我们也都不是小孩子了，不说梦话，现在也别急着分家，总会有散的那一天。”

室内突然安静，只有火锅在咕噜咕噜地冒泡。

蒸汽缭绕中，王子睿憨厚地笑出声道：“艾希，怎么突然说这么现实的话呢？”

南冰默不作声地看我一眼，然后夹起饺子吃起来。

“那是你没出息！”许雯雯突然大声起来，搅乱了循规蹈矩的水蒸气，把屋里被我拉到冰点的气氛又煮沸了。“我们还这么年轻，怎么就不能有点儿梦想了？你挣不到钱，还不许我挣得到啊？我们才不会散。”

“艾希，我学金融管理的，你信我，钱没那么难挣，你等着瞧。”向海向我抛个媚眼，“你就放心穷着，毕竟你是南冰的连体双胞胎，将来我挣到大房子了，绝对有你一间，要是放着你流落街头，她肯定要你不要我。”

因为他们已经纷纷步入了人生的正轨，所以我觉着自己像个多余的累赘，原来他们还死死拉紧着缰绳，只有我以为自己该放手。

我眼眶一热，可能是被蒸汽熏着了，忙不迭转过脸去，南冰伸手在桌子底下摸了摸我的腿，开始还是正经的安慰，然后就摸得有些色情了，我这泪水还来不及出框，就被她逗笑了。

“我以前就觉得我肯定会娶雯雯，也觉得我们六个人肯定不会散的。”王子睿边往许雯雯碗里夹肉边看着我问，“既然你现在是单身，杨杨也是单身，你们没想过和好吗？你再也遇不上像他那么喜欢你的人了。”

“这二愣子。”许雯雯瞪他，“多吃肉，少说话。”

“我不想耽误他，说实话，我曾经是喜欢他的，但后来我知道那不是爱。”我无所谓地耸耸肩，淡淡地回答，“我爱过了，懂什么叫爱了，所以没办法再玩过家家。”

“那你爱的人已经死了啊，总不能以后就一个人过了吧？”许雯雯没意识到她这张大嘴巴比王子睿讲话要戳人心窝子多了，不过她倒是无知无觉地又修复了一下我脆弱的小心脏，“不过无所谓了，我们几个养你，反正也不会寂寞的。”

“谢谢你哦。”我冲她挤鼻子，“那我以后就只负责卖萌了。”

“你自己收着吧，这屋里有人卖萌能卖过我？”许雯雯说罢做了个猫的动作。

王子睿捧场地捂着脸尖叫，而向海和南冰一起回以一个感受到恶寒的动作。

南冰对我说：“你其实不用把爱不爱的看得那么重，你就想想，你以后想跟谁一起生活就行了。”

——丁兆冬吧。我第一个想到的人，太习惯他的体温了。

——“不就是你吗？”我笑吟吟地看着南冰说。

“你开心最重要。”她总是能看穿我却不点穿，转过脸去专心吃起了饺子。

- 04 -

最近越来越想丁兆冬，只是每一次刚刚想起他，我就充满罪恶感地叫自己打住，因为我分不清楚自己是真的想他，或只是寂寞。

活在身边两对情侣的恩爱光环里，形单影只的我难免有些空虚，走在和煦春光里，我常常能看见两只抱在一起舔毛的猫，就是天上飞的风筝都是成双成对，甚至于妈妈和李乐意也终于修成正果了。

婚礼现场就是妈妈的面店，屋里肯定是坐不下，桌子在门外摆了二十张，除了招待我们一伙人外，还有常客们和街坊邻居，红皮鞭炮放了好几挂。妈妈穿着鲜红的旗袍有些害羞地时不时拽一拽下摆，李乐意穿一身黑色西装，如果不是胸口别着花，看起来依旧像个卖保险的，不过祝酒时大家都管他叫“李老师”——这么说来，我妈终究又嫁了一个老师——不过这个第二任好歹是个大学老师，算是进步了。

南冰是最吃惊的人——怎么一夜之间自己的老师就突然娶了朋友的妈——她像个质检员似的缠着李乐意问东问西，生怕他是别有居心，直到她摸清了他的家底，知道他是个挺有些小钱的人，才放下心来，扭脸又和许雯雯一起冲我竖起了大拇指，从她俩一脸的淫笑看来，背地里又要开始说我妈“驭男有术、回春有方”了。

江子芸包的红包大得我妈不敢收，最后她只好硬塞到我手里。“还有这个。”她又掏出一个厚得仿佛一块砖的红包给我说，“这是丁总给的。”

“你的我就替我妈收下了，以后你不管带多少人上店里吃面永远不收钱。”我推开她手里的红色砖头说，“但是这个我不能收。”

她惊讶地望着我说：“你至于吗？”

“至于的。”我认真地看着她说，“至今为止，我已经还了丁兆冬三十五万八千零六十块，我不想再欠他了。”

“天啊，你至于吗？”她惊呼。

“等我和他两不相欠时，我就可以和他平起平坐了。”我笑笑，“我就可以大方地面对他了。”

“所以……你是爱他的吗？”江子芸迟疑地问，似乎她也觉得提“爱”这个字眼很尴尬。

“我确实很想他。”我回避了问题。

“想他就去见他啊，他也很想你——”

“是他说的吗？”我问。

“他怎么可能会说！但我知道的，他那个人，不愿意给人看穿心思，你信我，他真的很想你，虽然他还和平时一样工作、应酬，但我知道他不对劲，以前他是个外表看着很冷漠的人，现在他是从里到外都冰封了。你啊……”她极不情愿地说，“你是我见过的他花了最多心思的人。”

我笑出声：“你别告诉我说他爱我。”

江子芸冷笑一声后，突然滔滔不绝起来：“为你花钱了还不叫爱你吗？你不要觉得他有钱就活该给你花，没有人的钱是天上掉下来的，挣钱耗费的是时间、体力、精力，可以说是拿生命换钱，一个人都拿生命给你花了，那不叫爱你吗？非得两手空空，嘴皮子一碰说出来的才叫爱你吗？”

我张口结舌地看着她，不愧是丁兆冬的秘书，她正经地歪理邪说起来，至少能和南冰上擂台缠斗个两轮。

“你们两个也真是怪胎到一块儿去了，一个不说自己想要什么，一个不知道自己想要什么，两个人都不肯主动，看得外人烦死了。”江子芸语速越来越急，话赶话的，恨不能现在就把我递到丁兆冬眼前似的，“你既然想他，去见一面又不会死，你就亲自问他好了，爱不爱啊？不会因为你问了，就从爱变不爱，从不爱变爱了，有了答案，以后你们就算天各一方，心里也没牵挂了。”

- 05 -

我目不能移地望着窗外峰峦叠起的白云，太美了，天堂应该就是这般白茫茫的宫殿，我几乎要看见长着一双洁白翅膀的禾仁康站在云朵里冲我挥手了。

这是我第一次坐飞机，想来也奇怪，活了二十几年，竟然没出过北京城，火车倒是坐过，很小的时候跟着父母去过天津探亲，还以为去的是远一些的郊区而已，因为当时北京环线不断扩张，爸爸也说过“天津啊我的八环”的笑话。

爸爸此刻坐在我右手边靠走廊的位置，他也是第一次坐飞机，不自在地扭来扭去，嘴里还在抱怨：“坐高铁舒服得多。”

有不少人一辈子没出过户籍所在地，我不想我妈也这样，地球不算很大，人活一世，睡觉也就占个一米八的地儿，要两点一线地干大半辈子的活儿，总得知道远方是什么模样，那儿的人是怎么生活，才不算亏本。

趁着妈妈还身强力壮时，我想出钱给她安排一趟泰国游，不过她新老公有钱，我可以撺掇李乐意带她去，就当度蜜月，想想以后可以少操心妈妈的事儿了，我心里又松快点儿。

这趟去深圳，第一我想解决艾铭臣的问题，第二我是有私心的，听江子芸说丁兆冬正在那边谈生意，我想见见他——好吧——说实话，如果不是因为丁兆冬，我是不会为了艾铭臣的事儿亲自跑过来的。

艾曲生不愿意动弹，因为艾铭臣不断要钱，早些时候他就语焉不详地对艾铭臣断供了，如今又以“身子骨不适合长途跋涉”“确实没钱了”等借口试图拒绝这次旅行，实际上就是怕参与太深，会被他儿子再度赖上，我说机酒费用由我全包，又花费了许多口舌才劝动了这位精打细算的爷。

“你不想想艾铭臣为什么一直管你要钱，又不回家？”我也并没有处心积虑要骗他，但是面对冥顽不灵的艾曲生，我突发奇想编了个套儿，“他是陷在传销窝点里了。”

“你胡说。”他虽然将信将疑却也第一时间把锅甩给了我妈，“那林殊为什么不管？臣臣可是她儿子。”

“妈妈刚新婚，忙得不亦乐乎呢，她也没那么看重儿子，毕竟有我这个女儿在身边也足够了，我可没那么能花钱。”我说，“你也可以不管艾铭臣，搞传销这事儿说大不大说小不小，往小了说，可能他骗不到钱就被赶出组织，往大了说，他把亲朋好友骗了个遍，衣锦还乡后被公安局逮了起来，那还算好的，就怕他自己想回家也回不成，在你不知道的地方被打死了，那艾家可就断了香火了。”

一听到要断香火，艾曲生就老实了，虽然一路上都在哭穷，孜孜不倦地要求我对艾铭臣负责——因为他是我弟弟——但我自顾自地戴着耳机又看了一遍《疯狂动物城》。

丁兆冬和狐狸有些像，是那种乍看无所不能的狡猾大人，而身体里住着的还是孩子，小狐狸自从被欺负的那一夜之后就没有成长，少年丁兆冬也停留在了那场改变他命运轨迹的大火中。

- 06 -

来到艾铭臣所在的出租房楼下，我与爸爸道别，说只能送他到这儿："艾铭臣根本不拿我当姐姐，我说什么他也不会听，你是他爸爸，他尊敬你，最听你的话。"——我都已经能看见那画面了——锱铢必较的艾曲生是绝对不会让自己空跑一趟的，他一定会用尽手段哪怕撒泼打滚也要把艾铭臣带回家。

"你变了，跟你妈学坏了。"艾曲生盯着我，阴阳怪气地说，"你比你妈更坏。"

我微微一笑，以温柔的语气轻声哄道："你是我爸爸，不管你怎么看我，无论我距离你多远，毕竟我和你流着一样的血，你到死都是我爸，以后有困难，如果你儿子帮不了你，可以来找我——"我话锋一转，却不犀利，只是在阐述一个事实："但我也不一定能帮上忙。"

他指着我气急败坏地说："你对你亲爹就这态度，以后会遭报应的。"

"不会有更坏的事情发生了，有也没关系，该来的躲不了，我只能迎接，然后跨过去。"我淡淡地挥挥手，"你快上去吧，我还有事儿，拜拜。"

见我毫不迟疑地转身走了，他再恼火也不能站在原地把话说给风听，于是也朝单元门走去，知道他远去了，我才回首。

看着他日渐苍老的背影，我的心里风平浪静，以前对他的恨意，现在还剩下一些一吹便能散开的残渣，并不是健忘，而是我对他不那么在乎了，想想除去血缘的联系，他对我来说也不过是有缘相识的陌生人，处得不好，是不合适，分开以后反而能各自好好生活，何必再强求做合适的父女。

- 07 -

早早地来到丁兆冬下榻的酒店门口，我是知道他的房间号的，却也拿不准上去以后见了他要说什么，而且这个时间他应该在外应酬，这么犹豫着，我便像个可疑人士一样在门外踱步，还好隔了一条马路，不然保安该报警了。

“我想你了？我正好经过这儿？”我自言自语地为自己准备开场白，好像一个 12 岁的孩子走入新班级时准备自我介绍，“我有问题想问你？你想我吗？你看，我们反正都挺奇怪又挺寂寞的，大约以后也找不到特别合适的伴儿了，既然我们一起生活过那么久，也都相互习惯了，要不？要不……要不我们……”

不知不觉间已是午后，我漫不经心地看着许多车辆、许多穿西装的男人在眼前来来去去，我并没有目不转睛地关注，因为我知道一旦丁兆冬出现，我浑身的每个毛孔都会被牵引，即使在人山人海里，也不可能与他错过。

果然当我正坐着揉酸胀的小腿时，身后传来一声几乎静不可闻的刹车声，我立即弹了起来，是丁兆冬！一辆黑色的方头宾利在马路对面停了下来，门童立即冲上去拉开车门，然后我就看见丁兆冬了，只有昂首挺胸的背影，但我知道是他，器宇不凡，超群绝伦，使得不远处的路人都被莫名突变的磁场所吸引，无端地回过头来，直目送到他径直走进酒店里为止。

这半分钟里，我几度张开嘴又举起手，却又合上嘴垂下手，我还没想好怎么解释我的到来，我的主动实在是太唐突，又太卑微，我不想再做这段关系里总是站在下风的人。

就在我纠结于是否该返京时，准确说不到两分钟的时间，丁兆冬又重新出现在了酒店门口，隔着马路与我遥相对望。

他一点儿也没变，和四百三十一天前一模一样，也和我第一天认识他时一样，可是又有些变化，他望向我的眼神不一样了，不冰冷也不沸腾，是刚好的温度，是蓝色又是橙色，不刺骨也不炙手。很奇怪，看着他，我并不能感觉到精准分别的时间，仿佛自己只是下楼买了晚上要做的菜，却又在回程时迷了路，这一失散就是一个世纪，我好想他，想了一个世纪。

他长久地凝视着我，却没有任何动作，不应该由我主动跨出这一步的——我转身快步朝前走——不可以回头，我要迎着风，这次我要站在上风。

可是这样真的对吗？如果这是所谓爱情的擂台，我赢了吗，还是输了？是输了，在我仓皇站在他眼前时就已经没了尊严，现在这般逃窜的背影在他的眼里更是可笑，算了吧！不如直面着他，承认自己确实动了几分真情，才不至于显得我这般跋山涉水而来是多么丢脸。

于是我转过身去，却见到他正向我跑过来。

不等我整理思绪，身体也已经不由自主地朝他跑了过去。

丁兆冬远远地向我张开了双手，使得我的羞愧减弱了几分，当我终于与他拥抱时，不等我仔细感受熟悉的气息，他突然像抱孩子般把我抱起来，快步穿过大堂朝电梯走去。

也许因为这家酒店房间太贵的缘故，一路上没有遇见几个住客，但是工作人员们火辣的视线也足够叫我尴尬的，丁兆冬这个人真不好说是冷漠还是热情，他总是能面无表情地在任何场合做出这般“霸道总裁”的行为，并不想做希 · 玛丽苏 · 艾的我只好把羞红的脸埋在他脖颈里。

进了套房以后，他径直走到能容纳三头大象跳华尔兹的卧室里，把我扔在床上，他俯下身来，边脱衣服边亲吻我，他没有给我任何怀旧、抒情，甚至重新适应的空暇。他的吻密集而狂躁，我甚至组织不出一段完整的时间来说一句完整的话，只剩喘息，破碎、凌乱、急促的喘息，他汹涌如潮，奔腾不息，几乎要把我们分别的时间以做爱来弥补。

我们在床上待到了午夜，晚餐是在房间里吃的，我的双眼自始至终没有离开过丁兆冬，他围着浴巾走去门口端餐盘时，背部的线条真的很好看，倒三角的体型很适合穿西装和制服，也很适合不穿，门外的服务员不知道是男是女，估计是被如此肉体迷了心窍，缠着他说了好多话，我都怀疑这个人要撞门进来加入我们了。

吃过饭以后，我们一起洗了澡，就和过去一样。

他的头发用毛巾擦一擦就干了，我比较费力，正站在镜子前用吹风机，他又不老实地从身后抱着我，以嘴亲吻我的脖子，以脸磨蹭我的肩膀，不等我擦干水，他的腰腹又紧紧地贴了上来。

最后我们精疲力竭，和过去一样同床入睡。

拉着厚重窗帘的室内很暗，但是他的眼睛泛着一层薄薄的光亮，在黑夜里轻轻摇晃像是湖面，我终于能腾出双手来摸着他的脸，而不是抱着他的后背，我看着这两汪湖水说：“我很想你。”

他发出笑声：“你爱上我了？”

我问：“你想我吗？”

他没有说话，粼粼波光消融在黑暗中。

我于是转过身去，他的手从身后圈着我，没多久，就听见他入睡的均匀呼吸声。

这一夜我失眠了，我在反复拷问自己，现在这个情况究竟算怎么回事儿？我爱他吗？我不知道，那我爱禾仁康吗？是肯定的——这样的话——我必然是不爱丁兆冬的，因为一生一世一双人，爱意发散的对象应该是唯一的、神圣的、坚贞不渝的，哪儿有爱上两个人的道理，那是对爱情的亵渎——

即便我爱上了禾仁康，也同时爱着丁兆冬，那么这爱也一定有轻重之分，因为禾仁康不在了，丁兆冬就成了三心二意的我顺其自然的第二选择，这对他是不公平的，他是个这么好的人，配得上一心一意的人——

可是一想到要把他让给别人，我的痛苦远远大过不舍，只是稍微想一想他和别的人亲热，此刻的心脏就一阵吞刺般的抽痛。

我已经分不清楚对他的感情是爱，还是习以为常的占有欲了。

- 08 -

纠结到天蒙蒙亮时，我起床把自己收拾干净，然后全副武装地回到卧室，没想到丁兆冬已经醒了，他裸身坐在床上，双眼如炬地凝望着我。

“我很后悔来找你。”我隔着几步远的距离，有些悲伤地看着他说，“我不喜欢现在我们之间的关系，不清不楚的，我也不知道你心里到底对我在乎到什么程度，经历了那么多事儿以后，我累了，不想再玩猜来猜去的游戏。”

短暂沉默后，他反问：“那你对我又在乎到什么程度？”

“很在乎，哪怕你可能并不爱我，哪怕你见了我会嘲笑我，也从北京跑来找你的程度……”我逼视着他问，“给我一个明确的答案不行吗？你到底在怕什么？”

“你想要我说什么？”丁兆冬又开始躲闪我的目光了。

“我不会问你爱我吗，因为爱有时限，我甚至也不能保证自己什么时候爱你，能爱到什么时候，你很自私，我也是，但是你比我、比禾仁康都要胆小，我曾经也胆小，但我现在知道，胆子不大的话，就来不及了，我们活不了很久的。”我说，“我知道你怕什么，你怕把一切挑明后，一切都变了，你比我和禾仁康都更害怕变故和失去。”

丁兆冬没有说话。

我问：“你想和我在一起吗？在一起多久？一年？两个月？”

他依旧没有说话。

我等了一会儿，直到室内的寂静化作泥沼，我拖着快沉没的身体，艰难地转过身去说：“再见，就当我没来过。”

“难道你爱我吗？”丁兆冬突然开口，语气透着焦躁，“逼问我之前，你为什么不先说？”

这时我已经走到了门口，头也不回地说：“至少我可以明确告诉你，我现在想和你在一起，没有别人了，在我剩下的生命里，我只想要你。”

直到我开门、关门，身后都不再有声响，我后背贴着门缓了缓，不到三秒便整理好了情绪，笔直走在微弱廊灯中好像奈何桥般明明灭灭的走廊，穿过去后，我就该把这一切忘了。

“咯噔”一声，是开门的声音，也像是有人轻轻敲碎了壳的声音。

“艾希。”丁兆冬在身后叫我，他说，“三十年……五十年好了。”我回过身去，看到他皱着眉，脸颊似在生气般涨得通红，但是双眼直视着我补充道：“如果我活得了那么久。”

我笑了，也哭了，喜极而泣的我冲上去抱住他。

丁兆冬抱住我时，很明显地长舒了一口气。

我埋怨：“只是叫你老实承认自己喜欢我而已，为什么好像被人用枪指着一样不情愿。”

“就是你逼我的。”他双手更使劲了，把我圈得更紧。

“那我还是走了算了。”

“别闹，我没经验。”他的脸好烫，埋在我的脖子里，像是烤红薯，他的声音也含含糊糊的，像是要融化般，“我没有想和谁在一起的经验。”

“行吧，就当我教你了。”我故意地问，“你是不是脸红了？丁老板也会害羞？”边说着就开始挣扎，想看他的脸，却被他抱得更紧。

又是“咯噔”一声，他身后的房间门合上了。

鉴于丁兆冬浑身上下只有一条内裤，我也不用问他有没有带房卡了，于是“噗——”的一声——

“别笑。你要敢笑，我就杀了你。”他打断我。

结果我还是毅然决然地爆发了狂笑。

他也笑了。

我从来没见过丁兆冬这样露齿大笑过，一点儿丁总的样子都没有，原来他也可以笑得像是坐在旋转木马上的小朋友，可爱得仿佛会招手的大狗熊，又明亮得堪比流传百世的夜明珠。这个笑，我想要召集所有人来收费观看，又想自己坐在VIP的包间里永远独占。

还来不及止住笑，我们又忙不迭失而复得般热烈地拥吻起来。

包里的手机一直在嗡嗡振动，忙着以吻代酒来庆祝的我没去管它，直到它再度响起来，我不耐烦地掏出来一看，来电人是许雯雯。

我翻个白眼按下接听键，不等我埋怨出声，她在电话那头音色慌张地说：“你人上哪儿去了？快回来，南冰出事儿了。”

我想要的很多，曾经山高水远，聚散有时，如今该得到的，不该得到的，我都有了，这一生再别无所求。

第十三章
Chapter - 13

- 01 -

大难不死，必有后福。我总是这么哄自己，在一个人意识最清醒，身体也还能自由做主的六十年里，即便是最幸运的也多少会有一两道过不去的坎，过不去也得熬过去，毕竟后边还有不少年，万一我是晚年享福的命，为了前半生的苦痛去死，也太亏本了。

幸福等不来，也追不上，我只能走着，遇见她，迎上她，拥抱她，万一我是最不幸运的那种人，临到死了也没见着她的面，好歹也是怀抱希望而死——

据我目前的人生经验来看，“活下去总会遇到好事儿的”。这是真的——

好事儿的定义有很多，往大了看是事业爱情双丰收，往小了看，吃到一口能刷新世界观的美食，喝到一杯正宗的意式浓缩咖啡时，都会庆幸自己还活着。

我在失去了禾仁康之后，至少还可以陪丁兆冬度过漫漫时光。

妈妈在离婚之后又遭遇二度离别，但她却和我们都意想不到的人喜结连理。

许雯雯虽然离开了光怪陆离的演艺圈，可是她也守住了更值得珍惜的人事物。

南冰与向海也终于跨越了万丈悬崖，情比金坚，失而复得——

按理来说，南冰已经完成了九九八十一难的磨炼，接下来应该与向海携手朝着金光大道而去才对，我不知道该怎么哄她……我甚至从来没有做过这样的心理准备，发生在她身上的悲剧是那样不可理喻——怎么可能——不可能再来一次。

坐最早的飞机赶到北京也已经是正午，我出了机场后坐上丁兆冬早早安排好的车，一路直奔医院，在大门口和许雯雯碰面。

“艾希……”换了以前，出了屁大点儿事儿的许雯雯见了我也要号叫，这刻却是惨青着一张脸，像是被摄走了魂似的，被红眼圈包裹的眼珠子直愣愣地瞪着我问，“怎么办啊？”

我见了她的样子，更加慌神：“通知叔叔阿姨了吗？”

“叔叔阿姨都在国外，联系不上。我让怪兽跟着警察回去店里取证了，虽然李鸽也通知到了，但我们这边也总得有个人去跟着。”许雯雯面容憔悴地看着我，嘴角扯出不知是笑是哭的弧度，“南冰不让我们陪她，也一句话都不肯跟我们说，不哭也不叫，那屋里气氛太压抑了，我们也不知道怎么办好，只能等你回来。”

“别通知叔叔阿姨，我们等南冰情况稳定了再说。”我问，“那谁抓起来没有？”

“抓起来了。”许雯雯嘴一撇，似乎要哭了，“我们今儿早上才从派出所回来。”

“向海呢？”我不敢去想现在向海该有多难受。

许雯雯领着我来到住院部楼下，向海靠墙蹲着一根接一根地抽烟，他的拳头上全是血痂，脸上也有许多瘀青，他看我一眼，下巴立即颤抖得厉害，烟也叼不住了，落在地上，他于是哆里哆嗦地拾起来，又叼在嘴唇间。

我知道许雯雯一夜没睡也没吃饭，便叫她先回家休息，也好帮南冰带些衣物用品来，接着以同样一套话去劝向海，他不理会我，只是狂躁地一下又一下用手掌拍着额头，陷在墙角聚拢的暗影中。

走进住院部大厅后，我没有去乘电梯，我需要一级一级走楼梯的时间来梳理自己的呼吸，其间趔趄了一下，但很快稳住了，扶着墙，大口喘气，现在最不能慌的就是我。

穿过闲人吵嚷的走廊，仿佛走了十万八千里的路程才终于来到607室门外，轻轻叩了叩门，没有回应，我于是自己推门走了进去。

- 02 -

昨天咖啡店打烊后，南冰在二楼的仓库点货，因为向海去送最后一单外卖，所以大门的锁没有关，有人从身后搂住她时，她还以为是向海。

来者是关诚，他喝了许多酒，压倒了她，因为她反抗，他打了她，在她因为脑震荡而失去意识时，撕烂了她的衣服。

警方初步定罪是强奸未遂，关诚正要施暴时，向海刚好回到店里阻止了进一步的悲剧，他几乎把关诚打死。据许雯雯说，法医会根据关诚的伤势，来判定向海是否属于防卫过当。

- 03 -

我警告自己绝对不可以哭，在见到她的那一瞬间，身体里全部的水分还是几乎要呕吐般从喉咙眼里涌出来——

南冰半边脸肿着，右眼似乎睁不开地微眯着，脖子上缠着一圈纱布，不知道病号服下面还有多少被遮盖的伤痕。

——我把呼之欲出的灵魂重新狠狠地咽回了胃里。

“你……饿了吗？”我干笑着问，不知道自己的脸为了极力憋住眼泪，扭曲成了什么奇怪的模样。

“还好啊。”她坐在床上，玩着手机里的跑酷游戏。

我走过去，却只是在她床前直愣愣地站着，半分钟后，她轻轻拍了拍身边，我才靠上去，依旧不知道该说什么才能消解她的痛苦，语言在此时浅薄得犹如一片落地即化的雪花。

“你在担心我吗？”她没有看我，语气平常得甚至有些嫌我的存在多余，“我屁事儿没有。”

我看着她纤细的身体，不能想象她以这样脆弱的躯干是如何承载生命中一次又一次的重创，我伸手轻轻碰触她的后背，能感觉到她轻轻抖了一下，然后我整个手掌贴上去，来回用力揉蹭，像是妈妈在拯救被噎着的小孩。

“每个人都太小题大做了，气氛搞得好像我死了一样，叫我特别尴尬，我真的没事儿。”她讪笑出声，“这次跟上一次不一样。”

我从身后抱着她，像是抱着一棵用尽全部养分盛开满树樱花的樱花树，她太美好，我不知道该怎么守护她，我想用钢铁做一道篱笆，也愿意用自己的生命为她供养，可我拦不住那些翻山越岭来摧毁美好的坏人，那我只能期盼她的枝干日益粗壮，在风雨雷电之后刀枪不入——

“艾希。”她语气生硬，平铺直叙地说，“他没有插进来。”

——不应该是这样的。

所有风雨雷电都应该绕着她走的，那些企图伤害她的人，应该在试图接近她之前就被雷电劈死，被暴雨淹死，因为她是不一样的，她和我不一样，和许雯雯不一样，她是我们的宝贝，是晶莹剔透的南冰，她应该从生到死都不知人间疾苦。

我把她硬拽过来，使她面对我，原来她咬紧了牙关一直在无声地落泪。

我抱紧她，于是她的眼泪全部流淌进我的衣领里，由热渐变为冷，是沿着我的动脉割下去的刀，我只感觉四肢逐渐麻木冰冷，唇齿发颤，失去了说话的力气。

她哭了一阵儿后，反倒拍起了我的后背安慰起我来：“你吓到了吧？别怕。”

“我不怕，你也别怕。”我话是这么说，声音却发抖，“都过去了——”我很想说再也不会发生这样的事情了，可是我说不出口——因为曾经我也对她说过同样的话，哪里知道命运会开这么恶毒的玩笑。

她抬起头，长长地换了一口气后说：“但是我真的没事儿，我看开了，都过去了，一切都会过去，上一次我没死，这一次也还活着，就当被疯狗咬了一口，人总不能因为被狗咬了一口就一辈子想不开。”

我捧起她的脸，一遍遍为她抹去脸上的泪水，语无伦次地哄她：“是啊，断胳膊断腿的人都活着，你这么美，又有大长腿，被狗咬一口而已，丝毫不影响你继续美下去，以后我来替你打狗，让所有的狗都近不了你的身。”

“你会不会哄人啊？”她笑了，只是笑容很疲惫。

“那我给你买包！”我想笑可是笑得不好看，“包治百病。”

“这可是你说的。”她从我怀里离开，坐直了身体，强颜欢笑。

我强行把她又搂回怀里，她挣了两下后便不动了，我们一起躺着，直到窗外下起了淅淅沥沥的小雨，我叹道：“要不我们一起离开北京吧。”

南冰默不作声，于是我继续说：“我总是想等一个重新开始的时机，好像那是一个定时炸弹似的节骨眼儿，‘砰’的一声，告诉我，可以了，从现在开始，一切重新开始了。”

“我倒想呢，按下一个按钮，不说时间倒流回高中，回到认识关诚那一天也行。”南冰嗤笑出声，“第一天我就卸了他，要不揍当时的我一顿也行，有眼不识畜生，该打。”

我摸了摸她的脸，继续说：“我想过好几回了，如果我们从来不是在北京，而是在随便哪个城市里出生、生活，是不是我们遇到的人和事都会不一样，是不是我们现在会成为不一样的我们？是不是我们遭遇的所有不幸，都不会发生？”

“和北京无关，你知道的，所有该发生的都会发生。”南冰转过脸来看着我，她眼里盈盈波动的光，让我想起丁兆冬，她说，“再说了，你舍得吗？”

“一座城而已。”我笑她，“有什么舍不得的？”

“假如一切没有发生过。”她坐起来，“你不会认识我，也没有什么杨牧央、禾仁康了——”

“还有丁兆冬。”我接话，并坐起来。

“你爱上他了？”南冰问我。

我没有说话，窗外的雨势渐大，远远的，有雷声滚滚而来。

她道：“你离不开了。”

- 04 -

大雨倾盆，我和南冰举着伞穿过正朝着楼里狂奔的人群，走向好像一只傻鸽子的向海，他依旧垂着头，叼着已经没了火星的烟，被大雨冲刷得整个人恍恍惚惚、摇摇欲坠，似乎处于千钧一发、九死一生之际。

“你这演的哪一出呢？”南冰冲他道，“傻 ×。”

向海抬起头，眼泪混在如此粗暴的雨水之中竟依然清晰可见。“对不起……”他那么大的个儿，哭得像个被偷走了全部蜂蜜的狗熊，“对不起，对不起……”

“别丧着那张脸。”南冰冲他张开了双手。

“一次，又一次，我没能保护你，我该死。”向海似乎蹲得太久，腿软了，双手撑着膝盖，好几次也没站起来，“我死不足惜，南冰，我愿意死一万次，只要能保护你。”

“过来！”她生气地命令道，于是向海磨磨蹭蹭地过来了，他双手垂在身前，被她抬手拉着。“傻 ×，这次你救了我，你知道吗？别丧着脸，我好端端的呢。”她好笑地看着他不敢抬眼的样子，“这一次你来得很及时，你救了我。”

他“嗷”的一声扑上去，紧紧抱着南冰哭得涕泪横流地说：“多少次都救你，多少次都一定会救你，我不会再让你受伤害，我再也不会离开你身边，我永远也不会让你离开我的视线，这辈子、下辈子，我都守着你，即使你要踢我，打我，赶我走，就算你觉得我烦，我也要守着你——”

“好，好。”南冰抚摸着这头巨兽的毛皮，水盈盈的眼睛温柔得像是落满了雪花的月亮——这个人怎么能在被命运摧残之后，还是这么澄澈好看？好看得看着她就能对世界怀有信仰——我忍不住也扑了上去，抱着这两个不为凡尘侵蚀的大小孩。

我说："我们都守着你，守不住你，我们以死谢罪，你指哪儿我们打哪儿，你就是我们的女王。"

"还有我——我也可以保护你！"许雯雯背着个装得鼓鼓囊囊的双肩包，从天而降地挤进来，"就算向海是个窝囊废，艾希是个胆小鬼，你还有我！"

"你们——"南冰被向海和我的手臂，以及许雯雯的胸给埋了起来，她胸闷气短地按捺着怒火说，"给我留点儿喘气的空间。"

向海还处于惊魂未定的状态，他只顾着抱紧自己的宝贝蹭啊蹭，我倒是想挪个地儿，却挣不开许雯雯那铁钳子般的胳膊。

"冰冰，你别憋着，你想哭就哭吧！"近来胖了有十斤的许雯雯激烈地扭着身子甩着胸，边摇晃着南冰边哭号着，像极了电视里遭遇山洪被毁了一片瓜田的农妇，"我们陪你哭！我们永远在你身边——"

然后我们就被这徒手能耕百亩地的农妇拽倒了，四个人一齐摔落在雨里，原本急着去避雨的人们瞧见了，忍不住停下了脚步，我忙不迭把脸躲在南冰的脖子里，也还是听见了手机快门声，我们这伙人真是不管怎么活，都能活成传说。

- 05 -

一切都会过去，时间确实在洗刷我们的伤痕，那之后又过去了一年，南冰已经完全从阴影中走了出来，就像她自己说的，"这一次"和"上一次"不一样，这一次有向海一直陪在她身边，已经不会再有任何人与事能将他们分开了。

向海考上了沃顿商学院，我们都大吃一惊，虽然他以前就是个学霸，但毕竟也放下了课本在夜店瞎混了那么久，原来“有志者事竟成”不是毒鸡汤，他得意得要原地起飞了，以前的口头禅是“本少爷”，如今变成了“快叫霸霸”，而南冰立即做出了陪他去美国读书的决定。

两个人出国去生活学习应该是要花不少钱的，我和许雯雯都提出能帮多少帮多少，南冰不想借我们的钱，她说向海有奖学金，而她开店以来也有了些储蓄，她之所以准备陪读，也是想在那边打工赚钱减轻他的负担。

“我可不是去当老妈子的。”南冰也考了托福，她端着咖啡杯说，“等我们稳定下来，我也会读一个建筑设计学校。”

“那不是更需要钱吗？”我们坐在南冰的咖啡店里聊天，她已经请好了新的店长，也和李鸽把工作交接完毕，我像个忧心忡忡的家长般对这个过分独立自主的小孩说，“你不用在意借钱的事情，我们有经济来源又都在国内，压力几乎没有，你回国了再还钱，和你打工挣的也没区别，你何必跑出去吃苦受累，就专心学习好了。”

“你就别出力了，就你那点儿小钱，你还没成丁太太呢。”许雯雯冲我不屑地一笑，转而对南冰说，“冰冰，你尽管跟我开口，好歹我现在是我们这些人里混得最好的。”说罢，她得意地摇了摇脑袋，很有从贵妃熬成皇后的意气风发劲儿。

许雯雯现在是个当红主播，丑闻风波过去之后，她索性破罐子破摔也不装纯洁了，在自己的频道里天天讲荤段子，一口“真性情”的脏话配合上她的露乳低胸装，严丝合缝地满足了部分网民的低俗趣味，从一开始的惯性黑，渐渐地，黑转路人，路人转粉，竟然也有了不少支持者，那些忘性大的人啊以前组团喷过她，如今却改口叫她“许哥”“安爷”，亲热得跟一家人似的。

她签约的平台每个月能给她分成少则四五万，多则十一二万，没多久就和王子睿一起首付了朝阳区一套小三居。

王子睿依旧当着教练，许雯雯擅长网络营销，为他注册了一个直播账号。他可以说已经是个健身小网红了，他脱了衣服后那身完美肌肉堪比素描用的雕塑，就是输给向海一双长腿，不然真是黄金配方。

他给自己定了一个小目标，未来开一家自己的健身房，许雯雯表示全力支持。

“你和怪兽有贷款要背三十年，还想着将来开家店，最缺钱的反正不是我。”南冰冲许雯雯摆了摆手说，“如果有需要，我爸妈也会支援的，他们拿向海当大儿子呢。”

“是啊，我已经是他们南家碗里的肉了。”向海搂着南冰，无限甜蜜地坏笑着说，“我今后活该给岳父岳母做牛做马，谁叫他们的姑娘铁了心要被我骗走呢。”

南冰抬手就是一巴掌打在他额头上：“不是你这牛皮糖缠着我吗？”

“冰冰，还好有你收了他，要知道有多少无辜的女人幸免于难呀。”许雯雯夸张地比画了洋人祈祷的手势。

我于是双手合十接话道：“行侠仗义，善哉善哉。”

这时候刚下班的王子睿满头大汗地从门外走进来，羞涩地冲向海一笑：“兄弟，外边停车道儿占满了，就剩一条缝儿，我那车屁股死活停不进去……”

“走。”向海二话不说起身去帮忙停车。

“今晚吃了散伙饭，就要分了……”许雯雯转动着桌面的咖啡杯，突然情绪有些低落，“没想到这么快。”

向海拿到 offer 后，我们就知道分别的日子开始进入倒计时了，但是也没有人哭天抢地，因为我们也是经历过分分合合的人，心底都笃定地认为，天涯海角，我们总会重聚，海浪再大，风雪再狂，我们或许会被冲散，或许会迷失，却也注定了会无数次以千丝万缕的关系再度重逢。

南冰轻轻地掐了一把许雯雯的大腿：“等我回来的时候，你都生孩子了。”

“我跟怪兽说了，你跟向海不领证，我就不嫁他。”许雯雯撇着嘴，双眼水灵灵地望向她。

“这我的责任也太大了。”南冰笑出声。

“我要是拿艾希当参考，怪兽才会知道什么叫绝望。”许雯雯瞪一眼我，“你到底什么时候才嫁入豪门啊？还等着你用游艇载我们出去玩儿呢。”

原本我们的散伙饭不是定的今晚，因为我马上就要 24 岁了，丁兆冬计划了长达大半个月的欧洲行为我庆生，他没有提前跟我打招呼，花了那么多钱，我现在总不能说不去，因为朋友要去美国了我得留下来为他们践行。

“你也知道，不知道是什么时候啊。”我无奈地冲她摊手道，“丁总裁到现在都没正面承认过我们的关系，不是女朋友也不是炮友，我不知道我是他的什么人，可能就是个奶妈吧，陪他打发无聊。”

“什么奶妈能奶到床上去啊？逢年过节就逮着你送礼物，七夕的时候送你卡地亚也就算了，教师节还送你爱马仕，你算哪门子的奶妈，你教的什么东西呀？”许雯雯义愤填膺地说，“你这人也是见色忘友，本命年都不跟我们姐妹过。”

“嗯……”南冰托着下巴陷入忧思，她严肃地凝视我道，“确实最近你陪他的时间都赶上我们几个聚会的时间了，看来是时候把你开除出姐妹会——”

“冤枉啊，大人，我们的口号我一直铭记于心，倒背如流……”我假哭起来，见到她俩无动于衷，我只好清清嗓子坐直了身子，换了一副嘴脸说，“要么你俩一人挑一只我的包去好了。”

她俩于是交换了眼色，然后一齐转过脸来问我：“我们的口号是——”

我们三个举起咖啡杯，碰在一起齐声道：“男朋友可以换，女朋友绝不散！”

- 06 -

丁兆冬安排的行程是法国、瑞士、意大利和希腊，我们至少有一周是待在圣托里尼，他一定也听禾仁康说过他有多喜欢那里。

虽然是时长十一个小时的飞机，因为是头等舱，也不算难熬，我看什么都新鲜，座位能放平了躺着感觉很舒服，到了饭点竟然有菜单可以点餐也很有趣，虽然我极力假装自己见过世面，可还是因为不断望向窗外而被丁兆冬识破了我的亢奋，他把被我抖落的毛毯重新拉回到我的膝盖上，微笑着问：“你很开心吗？”

“开心开心。”我老实地点头。

“窗外那么黑，有什么好看？”

“也许能看到日出……”我傻笑。

“还早得很呢。”丁兆冬说话时，空姐走过来拉上了我们的帘子，于是座位四方形成了一个小型的封闭空间，他于是倾身上来，挑着我的下巴说，“先看我吧。”

我于是挡开他的手，以手挑着他的下巴送上一个长吻，最后坏笑着说：“开心，真开心，送你一个加长版的。”

他乐了，心满意足地躺回到座位里，我于是把头枕在他的肩膀上入睡。

好安逸啊，耳朵里是好像电扇转动的嗡嗡声，和火车的隆隆声一样，是代表远方正在向我们靠近的声音，让人觉得我们多么渺小，而世界真大，我们来过，又吃又拿的，见过彩虹，踏过积雪，生活太美了，生而为人，不胜感激。

- 07 -

从抵达巴黎戴高乐国际机场那一刻开始，我就进入了 high 的状态，毕竟是第一次出国，一路上玩得有些天旋地转。

第一站应我的要求去了卢浮宫，那座宫殿对我们画画的人来说是此生必去的朝圣地，果然其中的名家画作叫我眼花缭乱、泫然欲泣。丁兆冬一直很淡漠地看着我，但我也顾不上他觉得我夸张了，终于亲自膜拜了《蒙娜丽莎的微笑》，画布尺寸比我想象中要小，不再是教科书和各种商业广告上的复制品，眼前这就是真迹了，我差点儿没跪下磕头。

路经埃菲尔铁塔时不能免俗地想拍到此一游的游客照，我举起手机要和丁兆冬脸贴脸，他冷漠地比了一个 V 手势，我憋不住狂笑，求他别一副被逼良为娼的样子，我把他紧绷的脸揉化了，然后他才终于自然地笑起来，搂着我留下了我俩的第一张合影。

我们走在香榭丽舍大街时，丁兆冬总是千方百计地撺掇我去和法国人对话，他叫我帮他点咖啡，又叫我去问路，然后站在我身后托着下巴偷笑。因为之前我见到南冰和向海的英语那么好，心里有些羡慕，于是想索性学个法语来赶超他们，丁兆冬于是为我请了私教，三个月下来，我现在也能磕磕巴巴地胡诌几句了。

离开法国后，全程就靠丁兆冬的英语了，我一直故意支使他买这个做那个的，他含恨地瞪我一眼，报复的快感让我也在他无数次转身面对英语并不好的当地人时偷笑。

直到乘坐快艇抵达圣托里尼岛时，我一直 high 在空中没有落下来的心才终于缓缓下降，海水蓝得刺眼，我在国内也见过海，很蓝，但是世上的蓝色有蓝，和另一种蓝，爱琴海的蓝像是一篇盛大的情诗，每一波浪花都是篇章的注脚，我看得目不能移，几乎快被吸走了魂魄，仿佛此时坠海就可以拥有世上最华美的棺材。

远处白墙蓝顶的建筑群逐渐清晰，当它们钻入我眼帘时，似乎带着一种最圣洁温和的能量，介于生死之间又介于水火之间，亮而不烫，寒而不凉，我仿佛被无形的手掌轻抚了灵魂，眼泪夺眶而出，却不是因为悲伤，也不是因为喜悦，而是时过境迁之后，久别重逢的欣慰——

禾仁康，我来了——

——嗯，我看见你了。

他的声音犹在耳边，带着笑意。

丁兆冬知道我为什么哭，他什么也没说，只是把我整个人裹进他的风衣里，亲吻我的额头。

——禾仁康，我要和你说再见了。

我在心里说，因为我不能活在回忆里，你不在了，而我还有放不下的人。

——我想在这个现实世界里努力活下去，陪丁兆冬好好过。

泪水止住后，我抬起头看着丁兆冬，他的脸被蔚蓝海水上粼粼波光包裹，硬朗的轮廓也柔和了不少，双眼里也盛满了幽幽的光，姿容焕发，眉目如画，像是年少的波塞冬，他含笑问我：“你在想什么？”

我说：“现在我在想你。”

他说：“我也在想你。”

海风仿佛穿过了我的身体，我抱着他，像是抱着一颗孤寂漂泊了许久的星球，轻飘飘的我重新感受到了引力，找到了自己想要降落的土地，我沉下去，沉下去，一点一点地寻回了我丢失的重量。

- 08 -

早晨醒来时，我没有摸到身边的人，于是翻过身看向阳台，穿着白衬衣的丁兆冬正坐在白色铁艺椅上眺望大海，石料材质的护栏白得反光，地板也好像镜面，随风起舞的窗帘也是雪白的，这一切都像是光形成的海，似要将他温柔地吞没。

这个人啊，是从什么时候开始，竟叫我如此习惯他的存在了，一时半刻见不到也不行，我一想到在今后的人生里，他也可能会从我的生命线上消失，心里就好像被挖空的碗，空空如也，失魂落魄。

我想抱着他，想绑着他，想和他上天下海，开车穿越荒原，也穿越城市，去看金色草原上的长颈鹿，也去东京的天空树过圣诞节，在高层公寓里喝着咖啡听细雨绵绵，在林中木屋里裹着毛毯看窗外落雪缤纷。

若是在乱世，而我只有一张船票，我会把它给南冰，和丁兆冬留下来，在兵荒马乱中摆摊卖面条，我会叫他“老公”一直叫到他耳背时，改口叫他“老头子”，我愿意与他祸福与共，不离不弃。

我不会为他去死，但我愿意为他而生，我现在想明白了，我想和他做爱，也想和他过日子，我想把自己最好的年华都给他，也想见到他白发苍苍的样子，我爱他。

“丁兆冬……”我坐起来，轻声叫他。

“嗯？”他回过脸，在和煦阳光里对我眯着眼笑，衣领被镶嵌了一圈金色绒边，像是做了美梦的狮子。

“你站起来。”我对他招招手，拍拍床，“你过来。”

他于是迈着懒洋洋的步子走过来道：“我过来了。”

我站起来，抱着他的腰，笑着仰脸看他：“我爱上你了。”我的双手环上他的脖子：“我爱着你，你知道吗？”

他盛满光的双眼轻轻颤了颤，嘴角的笑意在一瞬间的凝固后好像海浪般释放开来，他一把托起我，将脸埋在我的胸部发出轻柔的叹息，他久久不说话。

我抚摸他的后脖颈，温热的皮肤散发出倦鸟归巢般安定的气息。

他终于开口说：“我现在知道了。”

- 09 -

傍晚时，我们沿着海岸散步，周遭与远山上层层叠叠的建筑里透出来的灯光，接连成片地将天空映成了紫红色，虽然有不少附近居民和游客遍布沙滩，但环境依旧静谧，仿佛海浪在过滤整个世界的杂音，只留下一支交响乐队的演奏声。

我注意到那应该是一支自发组织的业余乐队，因为成员都是花白头发的老年人，他们有的人穿着便服，有的男士像煞有介事地穿着燕尾服，女士们则有的戴着丝巾，有的在头上戴着艳丽的花环，他们每晚都在，神情自若，乐在其中，每一首曲毕时，周围的观众都会鼓掌致敬，而他们回以鞠躬礼致谢。

平时我和丁兆冬走在一起，中间总隔着一双手的距离，此刻我心里那个碗被盛得太满了，不贴紧点儿拉着他的手的话似乎会溢出来，他少见我这么黏人，所以扬扬自得地坏笑着调戏我说："要不我们现在就回酒店？"

我没搭理他，冲不远处一栋二层小楼上站在阳台看风景的老夫妇挥手，当我环顾四周时与他们的视线撞上，两个胖老人笑得满脸通红地冲我招手，于是我受宠若惊地回应。这边走在路上被陌生人问好是常事，每个人都洋溢着甜美得好像童话人物的幸福气息。

丁兆冬在我耳边说："这岛上有许多人，一辈子也没有离开过这座岛，他们每天在家门口上班，回了家就看大海，从出生到死去，每天都看也不会腻。"

"一出生就落在这么美的地方，所以不想远行了吧，有人很容易知足的。"我说，"你愿意这么过吗？"

他望向远方，轻轻揉着我的手说："有人陪我的话，也许可以。"

"感觉你的脾气没以前硬了，难道是老了吗？"我笑他，"我可还是个有很大野心的年轻人哪。"

"不用把日子过得太着急。"他也笑了，"我们的生活才刚刚开始。"

我们在一块裸露的黑色岩石上坐下，丁兆冬一直箍着我的手没放开，落日将海平线渲染成焦糖色，整个海平面好像微热的拿铁，一切都太美好了，我真希望南冰也能见到这一幕，因为我回去后用再繁复的语言也转述不了这庄严之美，在我的心中响起了盛大而浪漫、悠悠而华美的交响乐。

音乐声越来越响，我才终于从自我情绪里醒过来，回头一看，原来是一整支乐队不远不近地包围着我们在演奏，每个人都笑眯眯地望向我们，于是我惊喜地回过头来问："你安排的？"

丁兆冬不置可否，他的神色比夕阳还要温柔。

"艾希，阿姨和我说，她希望你找一个会爱惜你的人。"他松开我的手，我的无名指上赫然多出了一枚钻戒。他凝视着我说，"我觉得这个人就是我。"

不等我对这突如其来的求婚做任何反应，丁兆冬拉我站起来，双手放在我腰上轻轻一转，于是我回过身来看见了南冰和向海，许雯雯和王子睿，还有妈妈和李乐意，他们在鼓掌，这样的景象胜过至今以来我所有美丽的梦。

- 10 -

一群人闹到很晚才散场，我们在观景餐厅吃的饭，喝了很多酒，沿着回酒店的阶梯撒酒疯，一路上有街头艺人在拉小提琴，也有的在弹吉他，每个人都冲我们笑，男男女女，老老小小，相互飞吻，头上的星星密集得像是随时要撒一把下来。

我们在酒店的走廊道别，相约明早去卡玛里海滩，转身进了门后，丁兆冬背着手把门锁上，另一只手已经在捧着我的脸亲吻，他喝多了，耳根通红，说着孩子气的胡话：“你开心吗？还不夸我？第一次见到你那天，我也没想到会有今天。”

“我也没想到，那时候你可真讨厌。”我逗他，揉乱他的头发，他于是低头做狂犬状撕咬我的衣服，“现在也很讨厌！”

“讨厌也得忍着，我对你干的是合法的坏事儿。”他止不住地笑，把我推倒在床上。

我轻拍他的脸：“宝宝，我们还没领证呢，随时我都能合法跑路。”

他立即酒醒了似的深深凝视着我，那双迷离的眼睛一瞬间清醒的样子，好像一张网集聚收拢成了一片黑暗——我的心猛烈一抽——

“我到死也不会离开你的。”我摸着他的脸说，“我爱你，我爱你，我爱你。”告白之后，我笑了：“重要的事情说三遍。”

他俯下身来，侧身抱着我，亲吻我的头发说：“再多说几遍，我要听真话。”

“我爱你，我真的爱你。”我抬起头亲吻他的下巴，抚摸他的后背，“我永远也不会对你说假话，即使我们以后会吵架，你把我气得七窍生烟了，我也不会说我不爱你。”

他迷迷糊糊地笑了：“叫老公。”

我说：“傻瓜。”

“我爱你……”他半梦半醒地说。

“我老早就知道了。”我又亲了亲他的额头。

等他入睡之后，失眠的我起床到桌边使用笔记本电脑，打开文档继续写信，自从一个月前我就开始一一给每个人在电子邮箱里存好定时信件，在这趟行程中与丁兆冬相互确定爱意是我早早做好了心理建设的，但是他的求婚却出乎我意料，因为未来已经改变，所以有些信的内容需要修缮一下。

写完后，我回到床上，抬起丁兆冬的一条胳膊，像往常一样钻进他怀里入睡，他也无意识地搂了搂我，并把被子往我身上提了提，如果我的生命不再有意外的脱轨，这个宽厚胸膛应该就是我要睡上几十年的枕头，这么一想，我心生怜爱地摸了摸，然后被他嘴角的抽动给逗笑了。

人生真的好奇妙，像是摸着心脏却猜不到心电图的规律，前方起伏是波澜壮阔还是风调雨顺，我只能边走边看，迎面来的无论是樱花和雪，还是海啸和火，我只能拥抱，穿越花和海，穿越雪和火。还活着我就继续往前走，若是身陷火海，至少我曾拥抱过光花雨雪，曾经被宠溺过、被渴求过，那么来这世上一趟便怎么算也不亏。

我是艾希，我已经不想再成为南冰，也不想成为任何别人的样子。这辈子，我被一个人爱过，我也曾爱过一个人，最后我有幸与一个人相爱，真的知足了。

我想要的很多，曾经山高水远，聚散有时，如今该得到的，不该得到的，我都有了，这一生再别无所求。

（全文完）

附录 艾希的信
Appendix

TO 妈妈：

因为你没有邮箱，我叫李乐意给你看，这是一封定时邮件，我会在进产房前定好十个小时之后发送。

在两个月前，我在地铁里晕倒了，然后好心的路人和地铁里的工作人员打了救护车电话把我送去医院，查出两件事儿，一件是我怀孕了，一件是我有心脏病。

医生认为我的身体不适合生孩子，他说死亡概率 50%，具体吧拉吧拉地说了一堆，都是专业术语，我也没听懂，你到时候可以看病历。

以前我很悲观，觉得99%的好事情都不会发生在我身上，事实上也是，便利店里百分百中奖的抽奖，我一般会中一包纸巾。

我从来不坐过山车，我也从来不在红灯时过马路，因为害怕那百万分之一的风险。

现在的我变得乐观了，因为运气不好的话是不会遇到丁兆冬的，我想我在遇到他的那一刻开始，就开始改命了，所以可能在你还没看到这封信之前，我已经安然无恙地从手术室里被推出来了。

不过我还是要做两手准备，万一呢？我可不想和你不告而别。

妈妈，先说一句，对于我这个可能是遗传性的心脏病，你不要自责，这世上的人会因为各种突发原因去世，不是疾病也会有其他意想不到的飞来横祸。你不欠我的，实际上，你给了我很多，如果不是你从小到大给我关爱，那我一定有很严重的心理问题了，可能早就想不开自杀了，毕竟在我灰蒙蒙的童年里，只有你一个人爱我，但你给的爱足够了，足够让我成长并让我为了你活下去，足够到让我遇见南冰，遇见丁兆冬。

我不确定爸爸在我身上掏过多少钱，可能有几万块吧，他总是说对我有养育之恩，但是我的每一件衣服都是你买的，而你大半年都不会给自己买一件。

我还记得小学六年级的时候，我在商场里看上了一件粉色的短袖，特别喜欢，站在那儿不愿意走，可是很贵，你跟服务员磨了好久的嘴皮子想还价，还不下来，我腿都站麻了，还记得你的表情有多沮丧，可是最后你还是买下来了。

我爱你，妈妈。

如果我身不由己要先你一步离开人世，请别难过，也别为我难过，因为我可是一点儿也不难过，我没亏欠过自己，所有想吃的、想玩的，我从来没耽误过。以前我还小的时候，总是把一把糖里最好吃的那一颗留到最后，结果就是被艾铭臣给吃了，长大后我知道，所有想做的事情，一定要立即去做，因为明天会发生什么，谁也不知道。

至今为止的人生，我没有“等一等”再去做的事情，我想吃的面包立即就叫了外卖，我想看的电影马上就买了电影票，我想爱的人哪怕不知道结果也立即就去爱了，我没有遗憾，我过得很开心，所以你也要为我开心。有许多人，也许寿终正寝时都还在后悔，曾经有一刻没有踏出那扇门，我踏出去了，也得到了我想要的一切。

妈妈，我爱你，我决定生下这个宝宝，你会爱她的，就像你爱我。

不过你别太溺爱她啊，好多熊孩子就是被隔辈人宠坏的，当她面临关键的人生大事件，不知道做什么抉择的时候，你也别找丁兆冬商量，他肯定是个熊爹，去找南冰。

P.S. 我只在中国银行和工商银行有户头，虽然资产不多但也是钱，别便宜了银行，你拿卡去取出来，密码是我的生日。

在招商银行有一张信用卡，帮我注销了，我担心有年费拖欠什么的会影响到家里人的信用。

至于我的各种版权收益，你和我爸一人一半，不管丁兆冬了，那点儿钱不够他买大衣的。写到这儿，我要补充一下，如果，只是如果，万一我们家丁总一不小心破产了，妈啊，你可一定得帮我照看着他，不劳烦，每天三顿管饭就行。

应该没别的事情了，有什么关于我的事情要处理的，你可以跟南冰商量。

再说一次，妈妈，我爱你，很高兴我是你的女儿。

TO 艾铭臣：

老弟，你姐姐现在正在生小孩，生死未卜，也可能已经生完了屁事儿没有，除了肚皮开花……

我不知道要跟你说些什么，我总觉得我们不熟，但又很熟，因为我们睡过一张床，你还尿床把我裤腿都尿湿了。

我记得爸爸有学校给他注册的邮箱，他肯定不看，所以我也就不单独给他写信了，末尾我附上一段话，你读给他听，不读也行，没什么重要的事儿。他是你爸，他给你的不少，不用我提醒，你肯定得多关心他。

也不知道随着时间消磨或者我死了之后，他对我的恨意会不会少一点儿，发觉我其实也是个还不错的女儿。

上个礼拜我听爸爸说你准备复读了，重新考大学？有事儿说事儿，这真的是你近来做过的最好的决定，没有之一。之前见到你一会儿在证券交易所上班，一会儿又在保险公司上班，换了有七八个地方吧，没一个地方待够三个月的，把妈妈给急得，我觉得复读好，因为你还没想好自己想要什么，回学校以后，好好上课，学得多了，知道得多了，你会想明白的。

你啊，性格其实跟我很像，也是很烈，但是你比我闷，我总是搞不懂你在想什么，你又不说，我现在也不想摆姐姐的架子跟你讲人生道理，毕竟我没大你多少，我的话不具有什么参考价值。

你现在肯定觉得自己的人生一塌糊涂（也可能没这么觉得，是我想太多），不怪你，我们的家庭问题太严重了，给我们造成的是看不见的伤痕。老实说，我觉得我俩心理都有问题，程度不同吧，但总不能一生都被父母造成的阴影所困，你这么年轻，想想今后的人生吧，那么长，你想得到什么，你想摆脱什么，好好想想吧，然后有计划地一步一步去走出来。

祝你前程似锦，也祝我们的爸爸工作顺利，身体健康！

P.S. 我有件很介怀的事情，你打我那一巴掌，我一直没还给你。

所以你遇到的所有坎坷就当是赔给我的好了。

TO 爸爸：

爸爸，你和那位张阿姨最近进展顺利吗？听说你经人介绍，相了五个女人了，你一个也没看上，偏偏最后这个张阿姨就是缠上你了，然后你们也同居快半年了吧？虽然我没见过她，但是艾铭臣给我看了照片，一个人是不是正经人，从眼神和动作是看得出来的，我觉得张阿姨不错，她是个真心喜欢你的人。

艾铭臣也挺满意这个后妈的，除了做饭不太好吃，性格特别好，爱笑，相处起来很轻松，我听他描述，张阿姨挺仰慕你的，我觉着是跟你特别合适的人。

注意身体这些老生常谈的话就不说了，你老说你身体这儿不好那儿不好，我看着你挺健康的，学校不是经常组织体检吗？以后退休了没人组织了，你也勤快一点儿跑医院，一年一次全身体检，大病小病的，早发现早治疗。

很小的时候，我就特别不理解为什么你管艾铭臣叫“香火”，我也流着你的血，有什么区别？这不是提问，你会怎么回答我都清楚，就想告诉你，那些陈旧观念该改改了，时代在往前走，别活在过去，你肯定不乐意听，又要跳脚了，我反正听不见，这会儿我正生孩子呢。

无论我生的男孩儿女孩儿，都和我一样，体内都流着你的血，如果你想让他们认识你这个外公，就联系我妈，时常来看看、抱抱吧，也许你还是不怎么喜欢我，但也许你会喜欢这孩子，然后变得有些喜欢我吧。

祝您合家幸福！

TO 李老师：

我第一次见你的时候怎么也不会想到你竟然要当我后爹，回想起来，我妈确实去过两三回学校，你当时见到她了？该不会从那时候起就有预谋了吧？如今终于被你骗到手了，我看你拐骗过程也挺漫长曲折的，应该是真心爱她吧。

我也不会说那些麻烦你照顾好她的套话，毕竟依我看，她照顾你的可能性更大，谁叫她勤快呢。

你就多给她买裙子吧，我妈对化妆品看着不太在乎，那是因为她以前没钱又节俭，你有事儿没事儿给她买两支口红，她嘴上说浪费，你看着，她肯定天天涂，一涂口红就高兴。

还有，平时陪她逛街的时候，如果她拿起了一件衣服去试穿了然后说“还是算了”，你一定要给她买！因为她如果不是特别喜欢，是绝对不会去试穿的，这就叫“口嫌体正直”，切记！买买买！她看上的衣服最贵也不会超过五百块，冬天的大衣一千以内吧，她就是舍不得钱，不买的话，她会偷偷低落好多天。

我整理了一些她喜欢的款式和牌子在附件里。

P.S. 别给她买黄金首饰，她对金属过敏。

另一封信帮我给妈妈看。

TO 许雯雯：

妖精，来生还做好姐妹！么么哒。

……然后我实在是憋不出什么话对你说了，也不是没话对你说，但是我想对你说的都挺不正经的，觉得在这个时间让你看到会显得很不严肃，比较影响你为我哭丧。

第一，你是个喜欢尝鲜的人，注意预防各种疾病，以及不要被怪兽发现。尽量不要搞外遇吧！他人那么好那么爱你！你要控制你的兽性啊，乖乖，该风流的也疯过了，咱们从良了还是好女孩儿。

第二，也要注意各种姿势解锁时带来的安全隐患，还有艳照不要再拍了，毕竟你想回顾的时候上网一搜就有。（来啊你来打我啊！）

第三，凡是你想不明白的找南冰商量，切记切记，千万别相信你自己的直觉。

最后，你抱我宝宝的时候，旁边一定要有两个以上的监护人在，绝对不可以玩抛高高等危险游戏，以后她上学了，一定罩着她，你是她第二干妈，要是她被别的小孩儿欺负了，你懂的，我相信你。

你和南冰是我唯二的朋友，那些男的不能算朋友，男人就是男人，我们女人的朋友只能是女人。其实我挺放心不下你的，还好南冰是个生命力旺盛的人，怪兽现在也能一个打十个了，你很幸福，要珍惜啊。

TO 怪兽：

把你老婆看紧一点儿，她太迷糊了，烧个水都可能把房子烧了。

虽然知道你绝对不会变心，但是你要知道，万一你对不起她，南冰不会放过你的，我做鬼也不会放过你的。

你力气大，以后南冰有什么体力活儿需要男人，一个向海不够的，你主动点儿，毕竟你是她唯一的男性朋友，是我们大家的怪兽。

TO 杨杨：

嗨，你好吗？祝你学业顺利，在新西兰遇见一生所爱，最好能在那边安居乐业，因为那里的牛奶很好喝！ :)

曾与你有缘相逢，是我的荣幸。

祝一切都好！越来越好。

TO 向海：

南冰永远也不会做伤害你的事情，对她来说，你是她永远的唯一的男人，我也丝毫不怀疑你对她的爱，以前我总觉得你幼稚，现在你也越来越成熟有担当了，相信你以后一定会给她一个温暖、坚固的港湾。

你的存在对南冰来说太重要了，她很坚强又很脆弱，一旦你犯了错，她是绝对不会眷念旧情的，是一定转身就走的那种坚强，但也是会被摧毁到从此孤独终老的那种脆弱，我知道你不会伤害她，但是生活充满琐碎与意外，我是怕你们之间因为小事情产生误会。如果有一天她对你的态度改变了，也许是你无意中做出了让两人间产生隔阂的行为，又或者她疏远你的理由是为了保护你，你懂我在说什么，一定要追问到底，她是一个一往无前的人，你也是没心眼的人，只要你开诚布公地积极与她沟通，让她对你充满信心，那你俩一定可以携手同心，白头偕老。

祝你毕业后找到超超超级赚钱的工作，因为南冰就是个大女王，她就没长着要关心柴米油盐的脸，你绝对不可以让她操劳、让她变老，我要在天上与她重逢时，还能一眼认出来，南冰还是美到发光，背后的翅膀都比我们大三倍。

TO 亲爱的丁兆冬：

我的爱人啊，没想到你会和我求婚，还策划了那么浪漫的大场面，不太像你能干出来的事儿啊，不过转念一想，你一直都是个挺闷骚的人。

本来我还想利用怀孕的事情向你逼婚呢，好吧，开玩笑的，不过为她要一套房子一笔钱总不为过吧，你的孩子欸，我是绝不能叫我们的宝宝受委屈的，一定要给她报最好的双语学校，还有家教和保姆一定也得会外语，吃的菜必须是有机的，出门得有人抱着，十岁之前我都恨不得让她脚不沾地，不过都只是想想，我知道你会比我更宠她，我得负责拦着你，不能这么教孩子。

你要给她很多爱，但也要带她去看看这个世界的好与坏，你要教会她善良，也要教她防人之心不可无，你要鼓励她远行，也要让她知道你是她永远的后盾。

你不可以对她百依百顺，但是当她在外面受挫时一定要先不管青红皂白地站在她身边，然后再和她谈论是非对错。她错了，你再舍不得也要惩罚她，她受委屈了，你一定要替她出气。

还有，禾仁康给我的那幅画可以挂在女儿的房间里，如果她问起画的来由，你照实说就行了，一辈子爱上了两个人也不是什么羞耻的事儿，人生在世，世事难料嘛，她如果遗传了她妈的多情，就肯定能懂哈哈哈！:)

不要限制她谈恋爱，如果她早恋了，千万别打死她男朋友啊！不过你可以调查一下男生的背景……如果是个渣男，我们可以有计划地一步一步瓦解他们的感情……瞧我这心操的，我们的女儿情商肯定高，不可能看上渣男的。

说了这么多，其实我不知道宝宝是男是女，如果是男孩儿，千万别告诉他其实他妈是想要女儿的！

男孩子的话，你爱怎么养怎么养吧，能成为有你一半好的男人，我就谢天谢地了。

你看到这里偷笑了吧，你确实是好男人，我不带一丝吹捧的，虽然你看起来很薄情，其实你是一个深情的人，我知道，你很害怕动情，因为一旦动情了就意味着深陷，你不是那么相信感情的人，你宁可孑然一身也不想拥有随时可能断线的牵挂。

你自己可能没注意到，以前我们做爱的时候，你都不看我的眼睛，而现在你终于直面我了，虽然你嘴上很少说爱我，还好我已经懂你了。以前我太在意禾仁康的事情，竟然没从你的一举一动里认出来你对我的爱，我猜你对我的态度暧昧不清时，是为了给自己留一条退路，因为你自尊心太强了，如果我没有给你理想的回应，或是我转身跑了，那一定会深深伤害你的。

可是现在我想告诉你，你不说也没关系，我会每天对你说爱你，我不会离开你的，除非死亡将我们分开，我爱你，我爱你，我爱你，丁兆冬，我不会再爱上你以外的任何人了，话都说到这份上了，我都拿命来为你生孩子了，如果我能活下来，当你抱着宝宝坐在我床边时，记得要吻我，说爱我，还想看一次你害羞的脸，看很多次，如果你想克服这个一肉麻就脸红的毛病，给你个建议：每天都对我说你爱我，说到习惯为止，期待你成为一个厚脸皮的老公。

如果你不介意的话，女儿的名字可以让南冰替我们取，你是我最爱的男人，而她是我最爱的女人，别吃醋啊，你可是拥有了我的肉体和心，她只有心欸。要知道在遇见你之前，爱上你之前，我那么漫长灰暗的少年时代如果没有她陪伴的话，我不会长成现在的我，不一定能遇见你，也不一定能有幸被你所爱，我一定不会像现在这么讨人喜欢。

以前我总想讨好所有人，所以活得有些虚伪，那使得我既自恋又自卑，现在回想起来，我竟然是在你面前活得最真实，有时丑陋，有时狡猾，有时疯狂，有时悲伤，原来我从来没有在你面前装点过自己，而你却爱上了这样的我。

矫情点儿说，丁兆冬，现在所有人的喜欢对我来说都无所谓了，我只要你就好了，你对我来说就是所有人，无论世界如何待我，你待我好，你就是我的全世界。

如果我的离去迫不得已，那我对你的爱也是从生到死地带入了坟墓，所以我从未离去，从未背叛，你要记得我一直爱你。

P.S. 你知道我妈妈和南冰对我来说有多重要，如果她们有困难，你能帮就帮，谁叫你是我老公呢。

TO 南冰：

我最舍不得说再见的人就是你，一方面也是怕被你打死，每次我犯矫情病的时候都是靠着你的暴力让我清醒过来。_(:з」∠)_

宝啊，答应我，如果你收到这封信时，我安然无恙地躺在病床上睡觉，绝对不要打我，刚生完孩子很虚弱的，可能你一巴掌下去我真死了。

你是我钦点的宝宝第一干妈，帮她取个好名字哦，但是太奇怪的话，她爸爸有一票否决权。

不知道你会不会留在美国，不想走的你，反而走了那么远，你也知道，曾经我是想要离开北京的，结果没走，甚至还（可能）死在了这儿，真是生是北京人，死是北京鬼啊。

要说非走不可的理由也没有，就是人特别恍惚，那个时候禾仁康死了，我和丁兆冬又断了来往，虽然生活步入稳定，但也仅止于饿不死而已，至于理想也不过是一个朦胧的轮廓，好像触手可及又好像遥不可及，逗我似的，仿佛一切都差点儿意思。我以为换个地儿重新开始的话，也不知道能比现在好多少，好歹有些新的念想，好过每天浑浑噩噩、半死不活地瞎想，现在好了，这座城给了我一个丁兆冬，又给了我一个孩子，愣是把我留下来了。

说到孩子，以前我们聊过吧，我说我不想要孩子，因为我无论是钱还是爱，自己都不够花，现在好了，钱和爱，我都有了，甚至绰绰有余，我想匀出去一些。

不知道你有没有注意到，我似乎没有以前那么自私了，我过去只是一味索取，不知道从什么时候开始，我也成为了一个不断付出的人。

曾经我多怕你们死在我前面，因为我不想做孤苦无依的那个人，现在的我是真的变了，我多想能活一百二十岁，把你们每个人的余生都照顾得妥帖。

曾经我希望每个人都为我掉眼泪，如今我却怕有任何一个人会因为我难过。

别难过，这匆匆的一生，我得到的太多了，要为我笑，我是怀抱爱离去的，我拥有的已经多到溢出来，光是拥有你，我就已经赢过了千千万万人。

千万别为我难过。

人生真是奇妙，过山车似的，不过无论高峰还是拐点，你都在我身边，陪我尖叫陪我笑，陪我愤怒陪我哭，爱你的话就不多重复了，平时你没少嫌弃我抱着你索吻。南冰，你是我的生命之光，一点儿不夸张，你点亮了我。

以前我特别想成为你，甚至有两次生日都许愿能变成你，并不是贪恋你的美貌……好吧，也有些那成分，谁叫你美成仙啊！你这画风简直就是开挂啊！我就是希望我整个人由内到外都能和你一样，坚不可摧又爱憎分明，永远活得坦坦荡荡，哪怕面对分崩离析的末日，心里永远亮亮堂堂。

现在我没有再许愿了，因为我是我，才有幸拥有丁兆冬，一百个向海也不换。:D

独一无二的你就和向海恩恩爱爱到天涯吧，想我的时候抱抱有我基因的女儿（也可能是儿子）就好了。

P.S. 无论是男生还是女生，如果性格能像你的话，我会很放心，因

为他 / 她一定不会被欺负，也不会犯傻地去欺负人，也一定能交到很多真心朋友，所以你有事儿没事儿多管管你干儿子 / 干女儿，别让丁兆冬宠坏了。

后记
Postscript

（1）燃冰煮海沸雪

今年发生了许多事情，我去了南京、深圳、冲绳和大阪，在长沙买了小房子，就在好朋友家隔壁，也终于放弃了闭门写作的生活，走出门去找了人生中的第一份工作，原来成为上班族的生活并没有想象中那么难以应付，而我还是没有离开北京。

今后还有许多想去的地方，也依旧有许多想做的事情，可是想去不一定能出发，去做也不一定有结果，也许我这辈子注定漂泊不定，求而不得，但好歹只要我走出去，世界就会向我打开，予以温柔，予以残酷。无所谓，我在一天天老去，我要抓紧时间去看，去感受，多看一眼，多抱一秒。

写了三年终于写完的三本书，如今我有千言万语，却不知从何说起，时过境迁，世事难料，也许我们无缘再见了，可是眼下总是最重要的，此时此刻你在看着我，是我存在的意义。

琉玄

2016 年 10 月 6 日于北京

（2）呼吸

这本书差点儿不能出版，但最终还是与你相见了，所以我补写了这篇，在除夕这天，距离写上一篇已经三个多月了，我的状态又变了一些。很小的时候，我的内在也曾是璀璨的星图，在历经了童年和少年时代之后，逐渐熄灭，漆黑一片，最近感觉有星光点点在渐次亮起来，说不定有生之年，我还能见到连绵燃烧般夺目的极光。

就好像艾希每看一遍自己写的信就想再更改一遍，每个字都仿佛不是自己写的，她有那么多的话想说，却总说不完全，又怕说得再多也词不达意。她变了，她曾经是独善其身的，终于也对生命心怀感恩，去热切地爱着爱她的人。我也是，每多过一天，多过一个月、一年，我再往回看，也不认识自己了，过去那些书，哪怕是这套书的上一部，也不像是我写的。

我冲过去的我挥挥手，她回我以一个鼓励的笑——你快走吧，前面的路，我陪不了你了，你也不需要我了，你别感到失落，你只是终于开始长大了。

我说过希望写完这套书后能鼓起勇气离开北京，但没走成，因为我被这座城市挽留了，不过走不走都无所谓了，在承受过千锤百炼之后，我在上一个访谈中说“不要怀抱希望啊”，于是每一次相逢、拥抱、创造、收获、亲吻，都是惊喜，是我不曾期待过的最奢侈的礼物。

人生来不是为了赴死，即使时间、空间，以及宏大的命运决定了未来已成定局，哪怕许多事情其实是一眼就能看到头的，我还是选择了去写完一本明明知道不会受欢迎的书，去谈一场明明知道没有结果的恋爱，最坏也不过是曲终人散，而我们已经踏过海浪，摸过樱花，被他人的体温包裹，这所有的感知都是幸运。

挫折不会带来成长，曾经的我即便百折不挠，却也总是在呐喊、在哭泣，是个外强中干的丑陋怪兽，我说我不怕狂风暴雨、孤苦伶仃，可我前往的方向却又总是为了温热的光和忠诚的爱，如今我褪去一层层坚硬粗糙的壳，凭着凡胎肉身行走在这人间，依旧一腔孤勇，顶着雨，迎着风，但我不再苦着脸，总是情不自禁地傻笑，手心有爱，头上有光，我不再那么虚张声势，已经是一只漂亮的怪兽。

求而不得的，我不求了，现在无论爱还是钱，我已经够用了。

原来我并不是一无所获，北京不欠我的，谁也不欠我的，曾经我多么想一了百了，一切重新来过，原来只有我亏欠了我，从现在开始还，那最坏的三十年已经过去，接下来我会还——以我最好的三十年。

琉玄

2017 年 1 月 27 日（除夕）于北京

出品／上海最世文化发展有限公司
官方网站＼www.zuibook.com
平台支持＼最小说　ZUI Factor

北京人在北京·沸雪

ZUI Book
CAST

作者　琉玄

出 品 人　／郭敬明
项目总监　／痕　痕
监　　制　／毛闽峰　赵　萌　李　娜
特约策划　／卡　卡　董　鑫
特约编辑　／非　非　邱培娟

*装帧设计　＼最世设计
书籍设计　＼mirrosen.com

图书在版编目（CIP）数据

北京人在北京 . 沸雪 / 琉玄著 . -- 长沙 : 湖南文艺出版社 , 2017.8
ISBN 978-7-5404-8133-9

Ⅰ . ①北… Ⅱ . ①琉… Ⅲ . ①长篇小说 – 中国 – 当代 Ⅳ . ① I247.5

中国版本图书馆 CIP 数据核字（2017）第 127486 号

上架建议：畅销书 · 青春言情

BEIJING REN ZAI BEIJING · FEI XUE
北京人在北京 · 沸雪

作　　者：琉　玄
出 版 人：曾赛丰
出 品 人：郭敬明
项目总监：痕　痕
责任编辑：薛　健　刘诗哲
监　　制：毛闽峰　赵　萌　李　娜
特约策划：卡　卡　董　鑫
特约编辑：非　非　邱培娟
营销编辑：杨　帆　周怡文
装帧设计：最世设计
书籍设计：mirrosen.com

出版发行：湖南文艺出版社
（长沙市雨花区东二环一段 508 号 邮编：410014）
网址：www.hnwy.net
印刷：北京柏力行彩印有限公司
经销：新华书店
开本：880mm×1230mm 1/32
字数：192 千字
印张：7.5
版次：2017 年 8 月第 1 版
印次：2017 年 8 月第 1 次印刷
书号：ISBN 978-7-5404-8133-9
定价：32.80 元

质量监督电话：010-59096394
团购电话：010-59320018